大方

sight

自然与自我的
再发现之旅

Birds

Art

鸟 艺术 人生

[加] 京·麦克利尔 著
胡妍 译

Life

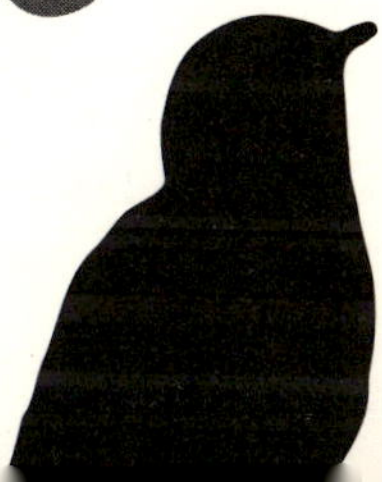

中信出版集团 | 北京

图书在版编目（CIP）数据

鸟，艺术，人生 /（加）京・麦克利尔著；胡妍译
. -- 北京 ： 中信出版社，2019.6
书名原文：Birds art life
ISBN 978-7-5217-0160-9

Ⅰ. ①鸟… Ⅱ. ①京… ②胡… Ⅲ. ①散文集—加拿大—现代 Ⅳ. ① I711.65

中国版本图书馆 CIP 数据核字 (2019) 第 041202 号

鸟，艺术，人生

著　　者：[加] 京・麦克利尔
译　　者：胡　妍
出版发行：中信出版集团股份有限公司
（北京市朝阳区惠新东街甲 4 号富盛大厦 2 座　邮编　100029）
（CITIC Publishing Group）
承 印 者：浙江新华数码印务有限公司

开　　本：880 mm × 1230 mm　1/32　　印　　张：8.5　　字　　数：155 千字
版　　次：2019 年 6 月第 1 版　　印　　次：2019 年 6 月第 1 次印刷
京权图字：01-2018-5866　　广告经营许可证：京朝工商广字第 8087 号
书　　号：ISBN 978-7-5217-0160-9
定　　价：58.00 元

服务热线：400-600-8099
投稿邮箱：author@citicpub.com

献给大卫

鸟鸣声宛如珠宝般被镶嵌在空中。

——安妮·卡森

目 录

Winter

冬

序言

面对父亲的疾病，
发现痛苦出现的奇怪形式，
其中包括“漫游癖”。

不久前的一个冬天，我遇到了一位爱鸟的音乐家。他当时三十五六岁，作为一位大城市的音乐家，他觉得自己总是无法应对压力和失望。他喜欢像胖子沃勒[1]那样弹奏钢琴，但表演和自我推销又让他感到焦虑和沮丧。忧愁偶尔也会带来弦外福音，让他写出寂寞惆怅的情歌，但大多数时候只会让他愈发消沉。当他爱上鸟儿并开始为它们拍摄照片时，他的焦虑消失了。鸟儿的鸣唱提醒他，应该去看看外面的世界。

那年的冬天提前降临，雪下个不停。我记得一位广播主持人曾说："全球变暖？哈！"也是那年冬天，我发现自己有点不太对劲。但我不知道是什么出错了，只知道自己做起事来不再像以前那样有条不紊、顺顺当当。看看周围的人，仍旧都那么成功，家庭、事业、孩子都安排得妥妥帖帖。我很希望有人能告诉我问题出在哪儿，我已经乱了方寸。

父亲最近经历了两次中风。那时，树叶还没有飘落。他跌倒了，再没能站起来。第二次发作特别可怕，伴随着败血症导致的高烧，情况危急。我不知道他能否撑下去。核磁共振显示，他脑部微小血管的破裂引起了脑微出血。

1　原名托马斯·赖特·沃勒，美国爵士钢琴家。——译者注（如无特别标明，本书注解均为译者注）

核磁共振还显示，父亲的脑部有一个未破裂的脑动脉瘤。神经学家说，这是一个“偶发瘤”，看着我们一脸焦虑，他解释道，鉴于父亲的年岁已高，不建议做手术。

那年秋天，父亲的病况极不稳定，我也只能默然以对。我未曾向人提及普通病房监视器发出的哔哔声，和清洁工将装满脏污床单的盆子推过走廊时发出的节奏清晰的吱呀声。我还记得床位极其短缺（有两天，父亲只能躺在走廊的担架床上，一条薄薄的毯子覆盖着他光秃秃的小腿和苍白的脚），医院食堂飘散出来的气味，以及候诊室里那些模样奇怪的长椅——光滑的塑料制品，浅绿色，看起来很柔软，其实不然。对于这些，我当时都无暇顾及。我也未曾向人提及深夜回家后，放松自己的感觉：寂静的房子、装满水的浴缸，闭上眼睛，让自己淹没在泡沫中，体会身体被肥皂液清洗时的舒适，而不用去清洗他人；一个习惯于抚慰他人的女人，此时得到了安抚。即便是开始时的失落感，我也不曾说起。我不知该如何去思考疾病，它变化缓慢却反复无常，有可能在瞬间将人击倒。

我的生活和写作都有过这种无法言状的经历。常常在本该写作的时候，我却睡着了。将词语组成句子、段落，最后又编成故事的过程让我疲惫不堪。这似乎是一个过于复杂、让人捉摸不透的工作。而这个工作现在提醒我：我的父亲，那个曾经引导我爱上语言，并指引我开始写作生涯的人，正在迅速地失去他的语言能力。

尽管最严重的危机很快就过去了，我仍然不敢放松警惕。我担心如果一时放松，将无法承受突如其来的损失，而这会让我崩溃。父亲曾是一名战地记者，也是一个“职业悲观主义者”，我从他那里继承了一个信念：做最坏的预期，这本身会给人提供一种保护。我们都有一种预防性焦虑。

也有可能我正在经历一种被称为预感性悲哀的情绪，那是一种在某种不幸发生之前就会出现的哀伤——能预见，意料之中，令人恐惧。这种湿漉漉的忧伤并未将我完全淹没，但它像一朵苍白的云悬在空中，逐渐稀薄，却从未完全消散。这种忧伤如影随形，我也渐渐地习惯了透过它看世界。

我一直以为痛苦让人体验到的只是纯粹的悲伤。我所知的悲伤的形象来自艺术学校，其中包括一些跪在地上的女性肖像，她们悲伤地低着头，将脸埋在手中，在烛光中哭泣。但我惊讶地发现，这种预感性的悲伤有着完全不同的形象，更令人警觉。我变换着姿势，或站或坐，始终警惕着四周。传说，十九世纪北美沿海的妇女曾经爬上装有护栏的屋顶平台，眺望海上的归帆，她们的屋顶瞭望台因此得名“望夫台”。我就像她们一样，搜寻着地平线的每一个角度，寻找着厄运。

直到后来，我读到了刘易斯的《卿卿如晤》，才明白悲伤可以以不同形式反复出现。“从没有人告诉过我，丧妻之恸，感觉上仍像恐惧，也许，更严格地说，像悬空，”刘易斯写道，“或像等待——恰如一颗心悬空在那里，等待着某事发生。这使生命蒙上了一层永恒而暂时的感觉，似乎任何事都不值得开始。我无法平静。”[1]

我感觉到的悲伤并没有颠覆我的生活。例如，它并没有阻止我社交或运动，我还是会为了一个新的蛋糕配方去寻找橙花水；我还是能够在拥挤的瑜伽馆中仰卧放松，极近虚空的状态。但是，它让我感到漂泊不定，缺乏安全感，而且，它仍然无处不在。

一天晚上，我从镜中看到自己的眉毛高高扬起。于是我试图放松面部，让眉毛变得不同，看起来显得无忧无虑一些。第二天，在电车上，我注意到一个眉毛被仔细描饰过的女人。那细细的、让人烦躁不安的弧线使她看起来像是卡通片中焦躁的人物。我也是这样，我想着，你我都是这样。

1　该句译文参考喻书琴译《卿卿如晤》（华东师范大学出版社2007年3月版）。——编者注

焦虑太沉重，我努力想把它放下。我试图通过阅读来摆脱它。我努力分散自己的注意力，试图通过写作来消除它。通常，艺术可以帮我分担生活的压力，使我有精力抚养年幼的孩子和照顾日渐衰老的父母。但是那一年，在那个初雪早临的冬季，我发现我的艺术苍白、脆弱，就像街边脆弱的路牌，在情绪的一点点风吹草动前都不堪一击。

或者，也许是我发现了更根本的东西：焦虑是一种束缚。心灵若承担太多痛苦，就会因受限而变窄，艺术无法诞生于烦心的限制。艺术需要的是自由、宁静、反社交的白日梦，还要远离那些耗尽能量的日常琐事。

时间与我的关系，以及我对它的态度，越来越变幻莫测。有时候我想要大段大段的时间，有时候又只想要一点点。有时候时间稍纵即逝，有时候我又觉得度日如年。我几乎完全无法掌控它。但如果必须由我来决定它的形状，我又不堪重负。最好的时光是在整个村庄沉睡之后的夜晚；又或者是在清晨,在村庄醒来之前,那时,时间仿佛是凝固的。

我总是被紧急电话和医院的消息打断，都已经成习惯了，以至于当我坐下来工作时，也会不断地打断自己，每隔半个钟头就会从座位上跳起来,好像有隐形的闹钟响了一样。我觉得，以前的时光似乎要比现在更深沉一些。

我对我所尊重的作家和艺术家的眉毛做了一番研究，也研究了一些名人的眉毛——弗里达、奥黛丽、葛丽泰、格劳乔的眉毛。某个时尚杂志曾写道："眉毛也许是心灵的地图。"我努力寻找那些使人们成功的秘诀(无可挑剔的优雅、非同寻常的勇气、恣意盎然的创造力和撩人心弦的愉悦)。我想要找到一条让我重返艺术和平静的道路。

一天早上，我站在咖啡馆的柜台边，盯着那个为我泡咖啡的人，和他浓密、漂亮的眉毛。随后我发现，除非你准备再次坠入爱河，否则不应该注视一个人的脸太久。咖啡机蒸腾出的温暖雾气蒙住了他的眼镜，隔着雾气，我看到他细眯着眼睛，在我的咖啡奶泡中画了一朵花，那一刻我感觉已被爱情征服。面孔能产生一种让人几乎无法直视的亲密感，特别是当你身处一个一切都终将消亡的世界。想要尽情地望着那些我们喜欢的脸庞而不陷入任何情感之中，这太难了。

那个男人看起来很疲惫，就像我一样。他失去了什么？还是他即将失去什么？他是否也想在不幸到来前提前伤感？几天后，在健身房里，我被一个男人和他为我擦拭跑步机时的体贴周到迷住了。

当脊椎治疗师俯身为我治疗时，我又被他迷住了。我的体

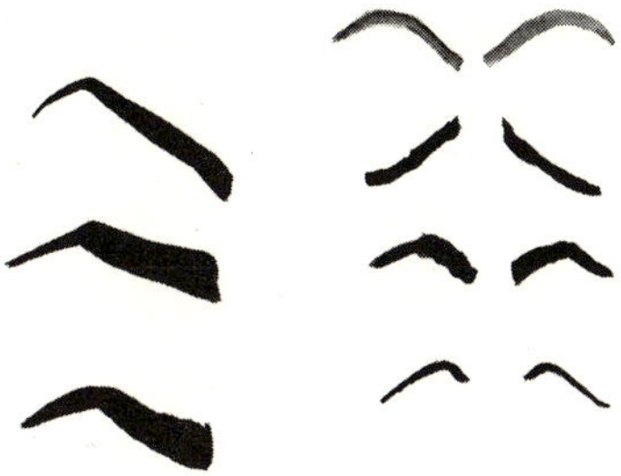

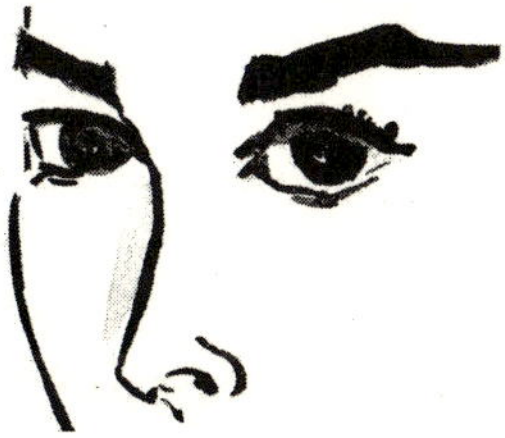

“粗眉女王”
奥黛丽·赫本

“永远微扬的眉”
安妮·卡森

上挑“他的眉毛约十度”
巴斯特·基顿

“厚重、黑色、富有表现力的眉毛”
宫崎骏

内充满了内啡肽，兴奋不已。我也会被一个陌生人的善良迷住，而她不过是让我在杂货店结账时插了一下队。教授、咖啡馆经理、遛狗的人——我的心神会被遇见的每一个人吸引，这让我感到害怕，要知道，我可是有着风流浪子基因的。“小心。”守护天使在我肩头耳语，“记住，你多么爱你的丈夫！”

我知道，在我的内心深处，我并不想爱上另一个人，而是想爱上一件了不起的事。一件能抓住我和我游走的思绪的事，比如，一段风流韵事。它能让我告诉自己：我在这里，我还活着。除了冷静地抱住我自己，我还能干点别的。

仅仅做一团守夜的火焰，燃烧不息，是不够的。

随着我的日子一天天变得越来越固化，我患上了糟糕的“漫游癖”（wanderlust：“wandern”是德语，意为“远足”；“lust”，意为欲望）。

我开始羡慕那些真正的漫游者，他们在黑暗的大海里漂流，或是逃离尘世，沿着太平洋山脊步道远足。我梦想着追踪某一条小路上的足迹，奔向狂野之处，却从来没能成为一个“大户外”[1]旅行者。我只是一个城里人，一个只能适应城市生活的后殖民主义者。

在一个日渐变暖的星球上遥望着令人屏息的美景，这个念头真令人感到沮丧。可我当时的心态就是这样的。这种预感性的悲伤在我心里生了根。父母离异的阴影使得我对其他形式的终结也警觉起来。

死亡意味着一切都是有限的。我开始觉得，我的漫游癖是为了寻找回到无限的方法，回到那片让我既富有创作灵感又能沉思冥想的思想之林。

我又梦到了路上的脚印。醒来时我意识到，我所渴望的并非逃避，而是指引。几个星期以来，无论我去哪儿，都会寻求他人的意见。我对基督教青年会的救生员说：“你能教我自由泳吗？”我向发型精致的蔬果店店员询问：“你能教我怎么做这些苦涩的青菜吗？”我渴望知识的灵感。我需要陪伴。

我希望有个人领着我朝前走，我需要的并不是救世主，而是一种引导力。我几乎要把自己当成蹒跚学步的小鸭子了。

---

1 *Great Outdoors*：澳大利亚旅游电视系列节目。

我联系了一位知名艺术家，想问问能否师从她学绘画。小的时候，我常常画画，并且完全沉醉其中。后来，在某个阶段，写作代替了绘画，曾经是我第二天性的绘画变得生疏了。然而对绘画的渴望一直都存在，我想念它带来的那种简单、原始的乐趣。

这位艺术家在一家咖啡馆跟我见了面。她穿着黑色派克大衣，系着精致的灰蓝色丝巾。在我做了一番自我介绍之后，她似乎仍然怀疑自己是否来对了地方。她点了一杯印度奶茶，为了表示友善，我也点了一份同样的奶茶。当她挺直脊背时，我也本能地挺直了身体。当她问我为什么要跟她学绘画时，我回答说："有时，你就想有个人能带带你。"意识到这话听起来很奇怪、很消极，好像我在等着救世主出现似的，我随即补充道："我希望你能教我一些画画的技巧。"我不想让她认为我正在寻找一个导师，或者我是那种只会依赖别人的人。我也不想让她听出我的渴望有多强烈，因为在那一刻，我的渴望已经呼之欲出，难以自持。

艺术家凝视着我，若有所思。她的蓝色眼睛十分清澈，画着完美的眼线。最后，她终于开口了，带着一丝困惑。她说，来找她的学生总是充满渴望。他们可能是充满抱负的十七岁画家或八十五岁的退休商人。这些人的创造力或是未被正确引领，或是不知所终，令人惋惜。他们对绘画的渴望就像蒲公英的白色绒球，只要她轻轻地吹动，就会看到他们的创造力像种子一样飞起、飘扬并落地生根。

我们坐在靠窗的座位，看着路人经过时脚下扬起的雪，和鸽群突然飞向雪白的冬日天空时扑扇着的翅膀。光的角度、阴影的强度、天空中云朵的变幻方式，还有有轨电车里上上下下的乘客，我可以感受到那位艺术家全神贯注地凝视，时间悄然流逝。

我看了看街对面折扣店门口挂着的牌子：

不要只看不买哦！

买啥都不如买鞋子！

每个客人都可免费获得一套十二只装的浣熊小公仔！

那一刻我知道，我不会跟这位女士上绘画私教课。说实话，她沉静的注意力和僵直的坐姿让我感到不安。

回到家，我拿出了老旧的画笔、钢笔尖和几瓶旧墨水，又花了点时间削尖绘图铅笔，清洁粗短的灰色橡皮擦。找到一摞绘图纸后，我看着那支削尖的铅笔，有那么一会儿，它们在我眼里就是箭，指向所有不能用文字描述的东西，指向其他可能的生活、潜力、方向甚至回溯原路。我在等着线条的指引——此时此刻，是铅笔线条的指引。

在那个安静的时刻，我意识到我的悲伤可能会持续更长的时间，远远超出我能回归日常生活的极限。

坐在那里，拿着那些画笔，我意识到疾病和照顾他人已经进一步将我的日子压缩成了细小的时间碎片。我越来越觉得，由于生活中的新情况和新需求，我需要重新安排时间，不能让日子过得那么军事化。如果我不再去争取大块时间了会怎么样？我只有在大块时间里，才能够不被打断，热切地沉浸在一个大作品中。如果我把自己交付于时间碎片，又会怎么样呢？我能把时间碎片看作是比“次级时间”或是丢失的时间、或是破碎的时间更有价值的东西吗？我能找到一种优雅的工作和生活方式继续前行吗？

我希望可以说在之后的几个星期和几个月里我不再与这个世界格格不入，但事实并非如此。我是一名自由职业作家，要停下脚步谈何容易（看看那些不断奔跑以逃脱捕食者阴影的羚羊就明白了）。我仍努力地保护强化自己，以免我的时间被掠夺；我仍奔波于这个世界，似乎永远重任缠身，努力专注于我脑中所想和力所能及的事，其他什么都不想。

然而，我确实开始慢慢与我的时间碎片和解了。

12月

爱

大雁、天鹅、鸭子、鹰
和鸽子

爱上鸟，
并且从渺小中得到别样的启发。

鸟儿们忽然出现在我的世界，而且无处不在。我听到它们的声音从树上、从屋檐下传来：叽叽喳喳的颤音，听起来像是乱糟糟的合唱，有时候挺悦耳，有时候很烦人，不过听着总能打发点儿时间。一天下午，我和儿子滑冰时看到一只鹰栖息在冰场上空的树枝上。在基督教青年会的泳池仰泳的时候，我透过天窗看到了一群迁徙的大雁，它们就像一个巨大的箭头，划过苍白无云的天空。

一天晚上，从医院探望父亲回来后，我蜷缩在丈夫工作室的沙发上。他是个作曲家。在医院忙碌了一天，我浑身散发着消毒液的气味和汗臭。这个工作室是我能找到的最舒适的地方了。墙上挂着蓝色的布和消音板。这些波浪状的、灰色泡沫制成的消音板能消除回声并吸收声音。浮动地板也进一步减少了冲击噪音。我感到仿若胎儿在母腹中般的舒适，完全放松下来。

丈夫播放了一首他为某个电影制作的音乐，是幽灵般的钢琴曲。我从他的衣帽架上取下一顶帽子，戴在头上，然后把自己裹在他祖父传下来的一件羊毛衫中，把脚搭在他从旧货店买来的咖啡桌上。他又播放起天鹅银调乐团[1]的唱曲，唱诗的节拍和完美和谐的乐声顿时充盈了我的身心。

1 Swan Silvertones：美国20世纪40至50年代很受欢迎的福音乐团。

我们一起看了一部名为《生存的十五个理由》的纪录片，改编自一位加拿大作家的书，还只是初剪的版本，他正为之配乐。影片分为十五个故事，大致代表了书中的不同章节，探讨的是生命价值的问题。

例如，“爱情”一章记载的是一个魁北克人在周游世界中寻得慰藉，并从精神崩溃中得以康复的经历。“身体”讲述了一个因愤怒而不断衰弱的人是如何转而追求岩石平衡艺术的故事。在影片过半的时候，一个三十多岁的音乐家出现在名为“意义”的片段中。在经历了数年创作障碍抑郁的折磨之后，他最终戒除了酒瘾，并通过观察城市中的鸟类找到了安宁。“我甚至不必考虑这个问题。我只是觉得更轻松了，心里不再沉重了。”他说。他发现他的喜悦受到鸟类的影响。这位音乐家很有趣，笑容很安静。他对鸟类充满热忱，但并未达到崇敬的程度。

那天晚上，我在音乐家的网站上浏览他的鸟类照片。他的收藏种类繁多，不同寻常。在贺卡上或是那些光鲜亮丽的鸟类日历上可看不到他的那些照片。

这些鸟生活在钢铁、玻璃、混凝土和电网的花园里。

有一只鸟的头上套着一个塑料袋，上面印着“冰冻芒果”

的字样；另一只鸟把巢筑在一个破碎的灯具里。这些鸟散落在发粘的灰泥墙上、成捆的螺纹钢筋上、巨大的钉子和铁丝网上。它们活得像其他鸟类一样，栖息、飞行、梳理羽毛、猎食、筑巢，但毫无疑问，它们就是那个堆满砂砾和垃圾、乱糟糟的世界的一部分，并非只是从它的上空飞过。

这些照片传递的信息并非是通常所说的环境破坏或地球毁灭。它们所传递的，如果可以称为信息，是关于爱的信息。这不是指对一个漂亮女孩的爱，或是把所爱之人供奉在石座之上或是陈列在玻璃橱窗之中的爱。这也不是那种让你失去理智、让你渴望却又羞于表达、让你辗转反侧难以入眠的爱。它既不理想化，也无关占有欲。我在那些照片中感受到的爱是对不完美和在困境中挣扎的爱。这是一种对那些肮脏、简陋，却又美丽而充满乐趣的地方的爱，我们很多人把这样的地方称之为“家”。

看着那些鸟和它们生活的环境，我不禁心跳有些加速。

在等待世界安静下来的过程中，我逐渐变得孤独了。我的父母，两个日渐衰老的移民，他们逃离了自己的祖国，来到这个没有家庭血脉的新大陆。他们书写了自己的历史，然而就像两盆盆栽的植物，他们无法将根扎入大地。作为他们唯一的孩子，我已变得孤独。作为一名作家，我的工作需要我独处，这也使我变得孤独。难道这就是我在那些鸟的生活环境中看到的东西吗？我看到了自己的孤独？

我跟音乐家取得了联系，相约一起去观鸟。我希望自己能沉醉其中，并且感觉自己还可以受到启发。我并未将大自然当作自己的朝圣之地或是疗愈的旷野。

又或许，我正是如此。

在十二月某个寒冷但阳光明媚的早晨我见到了他。当时我正站在一个很大的池塘边，天很冷，呼出的气马上就凝结成一团团的白雾。“你好！”音乐家跟我打招呼，他挎着沉重的相机，朝我大步走过来。他身材粗壮，穿着厚厚的、毛茸茸的棕色衣服。“你好！”我回答道。人们在池塘边的小路上遛着狗，鸭群在我们身边缓缓游过。

我突然有些迟疑，有点害羞。我究竟在想什么？

这位音乐家是一个严肃的鸟类观察者。而我则属于被《波特兰迪亚》[1]讽刺的大多数人，对鸟儿一无所知，主要把它

1　美喜剧小品电视剧集，在俄勒冈州波特兰市及周边地区拍摄。

们当作装饰的图案。我的房子里充斥着许多以自然为主题的小饰物，像个无聊的集市，从最漂亮的手工制作的鸭子灯，到普通的毛绒动物玩具，还有 Anthropologie 牌的猫头鹰杯子。我生活在一种不可原谅的拟人化状态中。充满歉疚的人类。这就是我的感觉。

对活生生的鸟类我了解多少？对野生世界，或是对我自己，我又了解多少？

童年的我不曾在河谷采摘浆果、在拂晓前挂满露水的森林里攀爬，或是在海边观察潮涨潮落。当然小时候的我也有过很多冒险，但它们却无关加拿大的野外世界，而是发生在赌场、国际机场和大型商场里。

我的父母都是虔诚的都市居民。父亲出生在伦敦，曾是驻外记者。他在东京工作时遇到了我的母亲，一位娴静的、长发飘飘的日本水墨画家。母亲最初并不喜欢父亲硕大却消瘦的身材。他们的恋爱始于加拿大使馆举办的一次聚会。在那个烟雾缭绕的聚会上，他被她的美貌倾倒，而她醉心于他的老练成熟和带她出逃的承诺。

他们结婚了，几年后，因为工作的关系去了伦敦。在那儿，我出生了。之后，又因为另一份工作，他们来到了加拿大。

一对来自异国大都市的夫妇突然降落在多伦多北部一个安静的街区。没有肯辛顿大街，也没有新宿，只有厚厚的一层雪，还有不知名的、活蹦乱跳的动物和陌生的鸟类。父亲因为工作的关系来去匆匆，留下母亲独自一人待在冰冷的房子里。寂静，还是寂静。唯一的声音是外面的鸟儿来来去去时发出的叽叽喳喳。它们在新地方蓬勃地繁衍。那些凝结在冷空气中的音符，候鸟的鸣唱声，是我母亲不愿意听到的。她在日本的农村经历了艰苦挣扎的战争年代，对大自然没有好感。她喜欢热闹的市中心和浓厚的文明气息。她喜欢身着迷你裙，脚踏高跟鞋，指间夹着乐富门香烟，在大街上翩然而过，引得路人频频侧目。母亲十分美丽，而且张扬。她曾经多次吸引一些大人物的注意，比如米克·贾格尔、约翰·列侬和侯赛因国王等。她不喜欢多伦多。透过冰封的窗口望向外面的世界，她并未欣赏到美景，只看到一堆问题。这该死的雪该怎么办？还有那讨厌的凉亭，怎么办？

她是这么做的。春天来临时，她把整个后院翻了个底朝天，修建了一个传统的日式枯山水庭园，她像僧侣般勤恳地打理庭园，精心地设计、修剪出漂亮的景观。从我们屋后的公园飞过来的飞盘、羽毛球和棒球全部被她彻底清除。如果她必须拥有自然景观，她就会按自己的方式去做：用喷灌器浇灌的软苔藓和经过精心修剪的日本树木。每次搬家她都会这么做，七年内她修建了四座新的枯山水庭园，就这样一点点地打理出她自己的幸福。

母亲成为了艺术品收藏家和画廊主。（她婚前的那些水墨画留在了日本，因此蒙上了一层传奇色彩。）我在一个杂乱无章的房子里长大，那里面既有珍贵的物品，也有一些奇奇怪怪的垃圾，还有新买的古董家具和陌生人的纪念品。我们这个小小的家庭好像成了一个具有独特习俗的国家。

为了让我不那么拘束，音乐家跟我聊起了池塘里的鸭子。他说："你看那儿，那些在水面上的鸭子，看起来像笨拙的水上飞机的是绿头野鸭。再看那边，那些在池塘中间紧紧围成一圈游水的、滑稽的鸭子——看到了吗？八、九、十、十一只，它们把食物翻到了水面上，那些是北方琵嘴鸭。"有一只孤零零的鸭子看起来像是浮在水面的大火鸡，他指着它说，那是家鸭和绿头野鸭杂交的品种。很显然，它的伴侣最近死了。有一天，它的伴侣突然消失了，随后就有传言说发现了尸体。

鸭子会感到孤独吗？我很想知道，却不得而知。我对鸭子一无所知，甚至对它们羽毛表面的那层油也一无所知。这

绿头野鸭（雌性）

很奇怪，因为我可能曾经无数次地听到过“水过鸭背，毫无影响”这样的说法。

那只“混血”的鸭子似乎正自得其乐。它在不同的鸭群中巡游，跟母鸭们搭讪，还挺有魅力。

音乐家有魅力吗？
一点点。
他的成长过程中是否与大自然有亲密接触？
没有。

音乐家告诉我，他在一个城市家庭中长大。关于大自然的童年记忆只有一段——六岁那年他抓了一条毛毛虫，把它装在一个空的黄油盒子中，放了一些草当作食物，然后就盖上了盖子。没有人告诉他要留几个洞通风。于是他就坐在那儿，看着，等着蝴蝶飞出来。

他说：我开始离开工作室去观察鸟类，放松头脑。过去，我常常担心大家只因我是艺术家而喜爱我。我希望被理解，渴望被尊重。我想成为重要的人物！大部分时间我都处于一种没有安全感的状态。现在，我会花数小时去观察那些微小的、遥远的动物，当然它们根本不会在意我是否在看它们。我花大量的时间去热爱那些根本不会回报我以爱的东西，从渺小中得到启发。

我们很快熟悉起来了。我习惯于跟有艺术气质的人在一起。这位音乐家的与众不同之处在于他做出了生命中不同寻常的改变，远离了那个竞争激烈的世界，摆脱了悲观厌世的态度，否则，他也就无异于常人。“我们走吧。”他说。我跟着他踏上了小径。

我边走边想到了不久前在艾米·福塞尔曼的一本书里读到的一些东西：“你会惊讶于为美好的新事物敞开心扉是多么的困难。以开放的态度对待坏的新事物其实并不难，比方说，灾难……但对好的新事物来说，反而是一个挑战。”

我忽然觉得，敞开心扉从某种意义上说意味着更好地关注这个世界。我想获得那种仁慈而宽广的心扉，就像这位系着围巾、热爱鸟类的音乐家向世界展示的那样。

有三种事物占据了我（不作为母亲时的）注意力：其一是我的艺术创作，我坚定不移地投入其中；其二是那些电子设备、电子屏，我不受控制地被吸引；其三是那些有深度的书籍、艺术和电影，我习惯性地会去关注它们。所有这些看似不同形式的关注有着一个共同之处：它们都有某种目的性。它们寻求某种回报，希望有人购买作品，或是希望建立某种叙述性的联系。

有没有可能由于我专注于艺术创作和编写好听的故事，使得我无法不求回报地、以更开阔的视野和更温柔的态度去看待这个世界？在不期待或不承诺有明显回报的情况下，放弃经济利益去关注这个世界、关注此时此刻，将会如何？我是否有能力像上帝那样慈爱地去关注世界？以一种爱慕的、民主的敬畏之心？我还能更博爱吗？

我们沿着池塘走着，而音乐家全然不知我那些奇怪的、带有宗教性的问题。他忙着查看灌木丛，毫不吝啬地将关注倾注于鸟儿，仔细倾听，弯腰查看，听到动听的鸣叫声时，会屏气凝神地去寻找那位“歌者”。

回到家时，我听到两个儿子在吹口哨。大儿子教会了弟弟如何吹出曲调。我听到他们躺在双层床上一直吹到天黑。

几天后，我在街上看到一个年轻人在人行道上奇怪地移动。他时而前进，时而后退，有时倾向一侧，然后又忽前忽后地移动。这让我想起了有时丈夫和我也会假装跳现代舞。我穿过马路，想看看究竟他为什么在人行道上跳舞。

然而，我却看到一只受伤的鸽子躺在地上，尾巴折断了，流着血，无法飞行。我从包里翻出了一条健身时用的毛巾，和年轻人一起把它包了起来，轻轻地挪到了一个门廊下。然后，我们蹲下来，试图查看它的眼睛。它的目光有些呆滞，我不知道它是否能看清我们，还是它已全然不在乎，但我们可以感觉到它越来越僵硬了。

以前虽也见过死鸟，但我从未见过一只鸟慢慢死去。理性地说，我知道这只鸽子并不是在传递什么信息。我不是那种在空中寻找神秘征兆的人，但是经过了这些年，我已经开始相信机缘巧合这种东西了。若不是因为两个并不合适的人在意外情况下不期而遇，我不会出现在这里。若不是因为我在一个不同寻常的夜晚穿过一扇不太寻常的门，我就不会遇见我的丈夫。因此，在鸽子事件以及后来几天与鸟儿们异常却又老套的相遇之后，我开始感觉有什么在指引我接下来该怎么做。我想去了解鸟类。我给音乐家发了个信息，问他能否允许我用一年的时间跟着他观察鸟类。

他同意了。

丈夫：你在写什么呢?

我：嗯……

丈夫对我太忠诚，根本懒得去怀疑我。如果我要开始一段荒谬的、计划不周的旅行，我知道他一定会是那个边扔彩带边欢呼“再见！再见”的人。

我们就是这样的。面对不幸，我们彼此鼓励，相互扶持。

后来，那年冬天我父亲从医院逃走时，我们就是这样为他做的。他在出租车上打电话给我们，讲述他“越狱”的经过，听起来仿佛是他刚刚用勺子挖了一条通往自由的隧道，而事实上他不过是推着助步器走到了电梯里面，下了几层楼去到了大厅，然后在医院门口叫了一辆出租车而已。由于患有肺气肿，再加上情绪激动，他气喘吁吁却打趣地描述了一场波澜壮阔的全国大追捕。那一刻，他是个逃犯，而不是病人。

我们为父亲的“逃跑”欢呼庆祝，并不是因为这样可以减少他的逃离带来的医疗后果（医生很快会打电话责备我们），而是因为我们知道父亲的“逃亡”有着更重要的意义。有时，我们需要且于我们最有益的，恰恰是能够为自己的生活增添情趣。

那正是我们所庆祝的。坐在父亲的小厨房里，我们吃着我和丈夫带来的庆祝午餐，那是个安静从容的时刻，没有什么急着要去完成的事情。父亲很久都没有感到那么有活力、那么精力充沛过了。所以当父亲问我最近在做什么时，我告诉了他。

“我正在考虑写一本关于鸟类和艺术的书。”我说（尽管我还没有开始；文字和构思都还在慢慢成形中）。我努力做出一副坦然自若的样子，因为刚刚午餐时父亲还稍微前倾的身体现在向后靠着了，他茫然地看着我，好像我刚刚描述的计划是要写一本关于用木制工具农耕的书。我们都沉默了。

为什么？

为什么不？

你就不能写一些更有用的东西吗？一本更了不起的书？

父亲喜欢那些遥不可及的、严肃的事物。他认为我写的东西太司空见惯，而且怪异。宏大的事物更吸引他，比如史诗般的战争和重大的历史事件，或是文明的冲突。鸟类对他来说太过普通和渺小。

也许我们注定要像格蕾斯·佩蕾的《和父亲的对话》中的父女一样，“故意地”误解对方。例如那天，我们坐在他的厨房里，我知道父亲认为我选择鸟类是为了故意对抗他，就像我相信他排斥自然和艺术其实就是排斥我。对此，双方都有一定的责任。我成为作家就意味着接手了家族事业，而他就自然承担起了导师的职责。

我的英国亲戚写的几本“有用”的书包括：

《悲伤时刻，或葬礼办公室：附祷告和赞美诗》（*The Hour of Sorrow ,or the Office for the Burial of the Dead: With Prayers and Hymns*），乔治·麦克利尔（George Maclear）著

《白令海及阿拉斯加（含西伯利亚东北海岸）航行指南》（*Sailing Directions for Bering Sea and Alaska, Including the North-East Coast of Siberia*），约翰·李·皮尔斯·麦克利尔（John

Fiot Lee Pearse Maclear）著

《1850 年纪元：4810 颗星星的目录》（*Catalogue of 4810 Stars for the Epoch 1850*）托马斯·麦克利尔（Thomas Maclear）著

《万日战争：越南 1945–1975》（*The Ten Thousand Day War :Vietnam 1945-1975*），迈克尔·麦克利尔（Michael Maclear）著

当父亲和我陷入第一次沉默时，丈夫一直盯着天花板，一副想要逃跑的样子；当我们再次陷入沉默时，他瞥了我们一眼。好像在问我：

痛苦吗？

是的。

哪里痛苦？

痛苦无处不在。

父亲的面色已转为灰白。我向丈夫点头示意：该走了。父亲需要休息。当他挣扎起身的时候，我忽然清楚地意识到：他已经没有时间可以浪费，而我刚刚告诉了他，我正在写一本内容晦涩难懂的书。难道我不能为了他选择一个艺术性不那么强的主题吗？

我其实并不太担心。有些时候，家庭内部的这些问题没有办法解决，大家只是半心半意地嘲讽一下，或是干脆忽视。

我知道父亲会选择忘记我的话，几天后再问我："你最近在忙什么呢？"如果还是不满意我的答复，他会反复不断地问。

反过来，我也会编造一些东西来答复他，并不是因为我是一个多么称职的女儿，而是因为我不想让任何人替我决定什么是重要的，什么不是。我不想要时尚潮流或父亲来替我做出决定。

因为事情从来没有这么简单。我可以假装不在乎，但仍然希望他能感兴趣、参与、或者同意我做的事情。

什么是值得歌唱的呢？微不足道的歌曲会怎样？书中说鸟类"歌唱"的原因很多：互相打招呼、警示捕食者、寻找方向、吸引异性。但是我对书中的解释并不是很感兴趣。我想知道音乐家是怎么想的。所以在我们第一次观鸟漫步结束时，我问道："为什么鸟儿会鸣唱？"我想听他说鸟儿鸣唱是因为它们必须这样做，因为这是它们天性的一部分，是无法抑制的需求。

他说："我并不想异想天开。拟人化是一种危险又难以改变的习惯。”

我犹豫了一下，不得不承认，我喜欢将动物拟人的习惯可能真的是无法改变的。“我保证不会告诉任何人。”
音乐家缓缓地点点头。终于，他说道：

“好吧。也许鸟儿鸣唱只是因为这样很快乐。”

我不明白为什么他的回答让我如此高兴，但的确如此。

1月

鸟笼

澳大利亚雀鸟
和笼中鸟

与圈养之鸟同处笼中，
并思考每天为自由付出的努力。

爱可以如此耀眼而炽烈，充满让你偏执的能量，它会毁掉你。我是独生女，单身，是父母关注的焦点，无法逃避。这一切带来的压力太大，使我想要逃离。作为一个孩子，我渴望有个兄弟或姐妹，来自一个大家庭的支持。十几岁的时候，我渴望逃跑，挣脱束缚。

十六岁那年的夏天，我和一个朋友从卧室的窗户跳了出来，跑过屋顶。邻居以为是盗贼，于是报了警。警笛声在街上响起时，我们还一直在跑，然后从树上滑下来，翻过了围栏。我的朋友（凯鲁亚克和科莱特的读者）不停地跑，她的头发在夜色中飞扬，而我一个小时后就回家了。我担心家里的猫，担心我没关好阳台的门。那种不顾家人独自逃跑的感觉可真不好受，它让我觉得愧疚和痛苦。

就在那天，我发现了自己的真性情。我的自由和创造性工作需要表达一些东西，需要抵制一些压力，也需要打破一些限制。

从那时起，问题就不再是“我怎样才能逃离这种情况，让自己变得更好”，而是“我如何能充分地利用现有的一切”。我不再去梦想一个人在拥有无限的自由、资源和时间的情况下可以做什么，而是对“一个人在资源相对稀缺的情况下能做什么”“并不充裕的资源可以产生怎样的富足感”，以及“人的头脑在狭窄的空间里能创造什么”这样的问题变得越来越感兴趣。

所以，少读一点奥诺雷·德·巴尔扎克、莱纳·玛丽亚·里尔克和菲利普·罗斯的作品，多读一点夏洛蒂·勃朗特，弗朗茨·卡夫卡和蒂莉·奥尔森吧。

一个人如何使狭小的生活空间得以扩充和延伸？在我遇到音乐家后，这个问题的意义显得更为重要和清晰了。他奇迹般地在我们拥挤的城市里找到了空间。他愿意带领我度过一年的探鸟之旅，这让我感激不尽。原本艰难的时刻因为他变得似乎不那么难熬了。

我迫不及待想要开始探鸟之旅，但天公却不作美。因为风太大、天气太冷，又下雨，原定的计划不能成行。所以当音乐家邀请我去参观他父亲的鸟舍时，我高兴地答应了。

音乐家的父亲也是一个“爱鸟之人”，早在 1998 年就建成了一个鸟舍。心灵手巧的他用一些木头和电线，把他名下某栋建筑中的一套一居室公寓改造成了一个可以让他的澳洲雀鸟自由飞翔的地方。

2009 年，音乐家的父亲摔伤了，要求儿子接替他照顾那些鸟。从那时起，音乐家就每周去三次，清洁鸟舍和喂鸟。

就在这个鸟舍，音乐家爱上了鸟类。他给我讲了一个故事，说有一天，他捧着一只奄奄一息的小雀鸟，在触摸到它微弱的心跳时竟不知所措。他以前从来没有仔细研究过一只鸟，从来没有观察过它们如此精致、完美的羽毛。那次经历改变了他。他买了照相机和镜头，并通过拍摄雀鸟学会了摄影。强烈的冲动一发不可收拾。到 2011 年，他已经不仅仅局限于鸟舍了，而是花一切可能的时间去野外观察鸟类，并开始绘制多伦多鸟类学地图，研究本地鸟类在一年四季中的行为习性。

我知道这个鸟舍对他而言意义重大。但我没有意识到的是，他与自由鸟类的经历使他变成了一个不安分的鸟类学家。对那些作为宠物的特殊品种的鸟类，他已经彻底失望。他讨厌宠物交易，因为这会减少野生鸟类的数量，使一些鸟濒临灭绝的危险，而它们的数量因为森林砍伐已经在下降。最初只是为了帮父亲一个忙，而现在这件事变成了一个负担。但是他想做一个好儿子，责无旁贷，这种感觉我明白。

十几岁时逃跑的时候，我是想逃离那些关于我的性格、未来和人生目标的想法。我想逃离一个乖乖女的故事。但是我又回来了，因为如果没有这些想法，我既不知道要去哪里，也不知道我是谁。

音乐家带我进入大楼时说："我穿着毛背心，但请不要被吓到。"我跟着他爬上吱吱作响的狭窄楼梯。毛背心是一整套工作服的一部分，其他还包括羊毛帽和格子围巾，他穿着这些看起来像是一个禁酒时期[1]的罪犯。

公寓里很冷，设备简陋，使这一切看起来越发不像什么好事。里面除了一台冰箱、一张长桌和一堆纸箱外，别无他物。以前可能是卧室的地方被改造成了鸟舍，大约十乘二十五英尺大(约二十三平方米)。我们把臃肿的外套扔在桌子上，音乐家给了我一副蓝色的丁腈橡胶手套，然后带我进入了鸟舍。

鸟舍内温暖、嘈杂的情形与外面寒冷、废弃的房间有着天壤之别。仿佛有人在空中撒了一把色彩缤纷的法国糖果，羽毛靓丽的鸟儿到处在飞，前前后后、上上下下，无处不在。我数了数，有二十只。音乐家指出了五种不同的雀类：红脸蛋的星雀、有着深红色尾部和耀眼白点的斑胁火尾雀、

1　加拿大历史上19世纪末20世纪初的禁酒时期。

巧克力色的孟加拉雀、几只金胸梅花雀和一只雌蓝饰鸟。每一只都那么色彩艳丽、生机勃勃。

当音乐家走来走去清扫鸟笼时，我绕着房间边走边研究那些小鸟，这里有一种奇怪的鸠占鹊巢的氛围。看不出来这对他来说有什么明显的快乐可言。整个情况与《宠物所有权变更法》并不相符，依据规定，如果孩子不想留下父母的宠物，他们是可以处理掉的，并不一定要保留。

在我看来，他父亲的爱好广泛，不断地陷入新的兴趣中。他父亲曾一度热衷于制作短波收音机，然后又突然决定开始收集热带鱼，某一天，他又为了首日封而放弃了热带鱼。音乐家解释说，首日封指的是带有新发行的邮票、并盖有邮票首发日邮戳的信封或明信片。后来他又沉迷于收集照相机。

诚然，这种爱好转换的频率是有些不同寻常，也可能（就鸟舍的情况而言）有那么点不负责任，但可以看出他父亲曾非常用心。他一度的热情显而易见：他为鸟儿修建的栖身之地、在滴水的龙头下临时拼凑的戏水盆，以及最重要的、也可能是最让人讨厌的事实是，整套公寓（一套月租轻松可达 1500 加元的公寓）成了二十只小鸟的居所。墙壁和家具上布满了鸟粪污垢和斑块。但是，这些鸟儿都毛色健康、漂亮，拥有足够的空间飞翔。

我帮着音乐家按照他所说的顺序把鸟食放入碗中。接着，我突然意识到自己正在制造混乱。我在这个空间的出现使鸟儿们处于高度警惕的状态。它们在房间里惊慌失措地来回飞行，从笼子的一端冲向另一端，从一根栖木跳到另一根栖木，小小的翅膀胡乱地扇动，尽可能地远离我。一缕缕绒毛和羽毛在空中漂浮。我称之为“鸣唱”的鸟叫声听起来都有点太刺耳了。

也就在这时，我才意识到手上的蓝色丁腈橡胶手套并不是为了我的安全，而是为了保护它们免受任何我可能携带的疾病的侵袭。鸟舍的隔离感让我感到困惑。实际上，我才是那个笨手笨脚的入侵者。

看着焦灼不安的鸟儿，并意识到是你点燃了这种焦虑，这会让你怀疑自己在这个世界的存在是否是温良无害的。对我而言，这使我第一次敏锐地意识到了一个问题，让我从不同的视角对自己的体型大小和比例有了一个更准确的看法。我并不喜欢这个发现。当与其他物种接触时，谁愿意感觉自己像是哥斯拉似的巨型怪兽呢?

但也许事实正是如此。大多数时候，我们并没有故意伤害鸟类。有些人可能用枪支和石油泄漏杀害鸟类，但大多数人都是用笨拙的、无知的爱伤害它们：以欣赏自然为由一次次地侵入它们的栖息地；或者以爱的名义把它们当作宠物囚禁起来；或者通过科技手段（通信塔、风力涡轮机）、窗户、中等碳排放等等间接地杀死它们；或是任由家猫在野外游荡，大量地杀害它们。史密森尼保护生物学研究所[1]的一项研究显示，在美国，家猫每年杀死14亿至37亿只鸟。另一项来自英国慈善保护组织“哺乳动物协会”[2]的研究估计，英国的家猫每年可捕捉多达5500万只鸟（这一数字是根据猫带回家的“猎物”计算出来的，不包括那些没有带回家的猎物）。

我装作是根无害的栖木站了一会儿。然后，我让音乐家打开鸟舍的门，好让我离开。他在里面多待了一会儿，继续干着活儿，我边等边观察，发现他并没惊吓到那些鸟儿。

1878年出版的《金丝雀与笼鸟图鉴》（*The Illustrated Book of*

1 Smithsonian Conservation Biology Institute：位于美国弗吉尼亚州，华盛顿特区国家动物园的延伸。

2 Mammal Society：英国致力于研究和保护哺乳动物的慈善机构，成立于1954年。

Canaries and Cage-Birds）一书中提到的观点虽然老套，但根深蒂固："我们内心最强烈的一种情感是渴望保护和照顾某些东西，其结果之一就是渴望掌控某些动物，这无疑是我们最健康的本能之一。"

鸟舍的朴素无华有其优点。有些养鸟者会花费不可思议的巨资来修建豪华鸟舍，这种做法曾经十分普遍。那些鸟舍花样繁多，从乔治亚风格的微型豪宅，到泰姬陵或埃菲尔铁塔的仿制模型，五花八门。这个鸟舍由木头和铁丝构成，很实用，虽有点压抑感，但至少有诚意。

为了不负父亲所托，音乐家像个机器人管家一样在鸟舍周围干着活，一周几次，按照相同的顺序重复一样的机械动作。我想知道那些鸟儿是否会对这种监禁的生活有自己的想法。它们会羡慕窗外那些自由自在的鸟儿吗？它们会否渴望摆脱监禁获得自由？假如它们出生于笼中，这是否还能被称之为"监禁"？它们知道获得自由后该怎么办吗？它们会不会根本不知道自己是被囚禁起来的？

有些故事里被圈养的动物害怕笼子外面的世界。这似乎是违背直觉的，但是，这些动物常常能意识到自己在野外存活的几率是极其不确定的。逃离圈养之地会太痛苦，而且很可怕，所以它们宁愿留在“避难所”里。

我了解。我了解被困的感觉。我明白那种想要做出改变却又受困于心魔、原地盘旋的感觉。我明白，在人生的某个阶段，当你为人父母或身为子女，为了对方而不得不放弃自我时，确实很难敞开内心的大门。然而，为了保护自我免受打扰，你做的一切可能最终只会使自己陷入困境。

渴望自由的本能可能是根深蒂固的，但我们都在一定程度上受制于某物。我们可能受传统的束缚，或被困于某种关系（家庭、婚姻或职业）中，这些关系就像橱柜一样，令人感觉舒服、设备齐全，但仍仅仅是一个柜子而已。或者，我们也可能因为对广袤世界的恐惧和未知因素的不可预期而停滞不前。当我们为了经济稳定而放弃艺术自由，当我们像广场恐怖症患者一样生活，错把上锁的安全房当作安全感时，我们就可能是受到了限制，受限于习惯、自我意识、野心和物欲的牢笼。我们的自由究竟是因为心无所惧还是因为远离危险？这个界限并不总是容易辨别。要成为一只靠自己的智慧在野外生存的自由鸟并非易事。

但是，如果你把自己与外界隔离，又会发生什么呢？

几年前，在墨西哥的图卢姆，我遇见了一位年长的玛雅女人。她告诉我，我的肝脏里有一些被困的愤怒。她把它称为我的“小拳头”，*tu puño pequeño*[1]。她给了我一朵花，说它代表这种被压抑的愤怒，要我把它放入大海。

我还记得我第四次尝试把这朵象征性的花送往大海的情形。打在我脸上的风不停地把它吹回来，我穿着棉裙蹚进海水，越走越远，直到泛着泡沫的海浪深及胸部。我放声大笑却又感到愤怒。“他妈的！快走！”我对着花大喊。

我觉得“逃跑”之类的故事之所以会吸引我们，是因为它们不那么常见。打破束缚的人就像灯塔。以菲比·施奈辛格[2]为例，她在密苏里州郊区度过了青年时代，作为家庭主妇和四个孩子的母亲，她总是努力工作以取悦和照顾他人。在孩子们还小的时候，她开始了观鸟，作为一种逃离家庭琐事的途径。一成不变的生活节奏使她感到惴惴不安，所以她长途跋涉去往那些遥远的地方，在那些地方她不再是任何人的母亲、女儿、妻子或姐妹。虽然她最终都会回家，但她一直不停地旅行，直到走遍了世界上最遥远的丛林、山脉和森林。她发现，世界就在她的脚下，辽阔而富饶。

1　西班牙语，意为“你的小拳头”。

2　美国著名鸟类观察家，第一个观察和记录超过 8000 种鸟类的人。

那朵象征着愤怒的小花终于随波而去了。

我的母亲也有过一次这种出逃的经历。在我七岁那年，她取出了银行账户里所有的钱，带着我和日本保姆，坐上了一辆前往尼亚加拉大瀑布[1]的长途巴士。父亲总是出差工作，她厌倦了孤单。她忍受了十五年他的赌博恶习和工作狂脾性。但是，她受够了。她从瀑布附近的一个公用电话亭打给父亲，告诉他，她想结束这段婚姻。父亲恳求道："回家吧。"我不知道发生在那个壮丽的瀑布边的对话中还有什么其他内容，但她在挂断电话时就已经做出了决定。她让保姆拍了一张我们站在瀑布旁的照片，然后，我们登上了返回多伦多的长途汽车。

那次出逃虽短暂，但仍然留下了印记。

在那时或是后来，我明白了，我们也许希望不受限制，却仍然会选择限制，选择已知的束缚，而不是未知的各种可能性。

在阅读菲比·施奈辛格的故事时我发现，她其实是在五十岁，医生诊断她处于癌症晚期后才开始真正对鸟类投以极

1 美加边境的瀑布群。

大的热情。由于诊断得早，她最终还活了近二十年，但疾病给了她当时所需的动力和理由。我不愿意把疾病称为一种幸运，但有时，作为母亲，当你拥有一点点家庭责任之外的自由都被认为是不负责任、甚至是极度自私的时候，这是唯一的出路。对于菲比·施奈辛格而言，黑色素瘤是通往一个更广阔世界的门户，尽管这有些骇人。

1999 年，六十八岁的她在马达加斯加的一次观鸟探险中死于车祸。到那时为止，她总共观察和记录了 8398 种不同的鸟类，比历史上任何人都多。我不知道她的孩子们是否因母亲经常不在身边而记恨她，或是讨厌那种不可抑制的、控制她生活的热情。但我知道，她的四个孩子中有三个现在成了美国的鸟类研究人员。

我最近找到了母亲和我在尼亚加拉大瀑布旁边的照片。照片中的她四十岁，穿着黑色衬衣，套着白色马夹，面临着复杂的中年危机。我穿着件浅黄色的雨衣，看起来神色不安,好像在担心会掉到瀑布下面去。她抓着我雨衣的后部。小时候我的理解是，她需要我靠近她并站稳当。现在，作为母亲，我的理解是，她想抓着我一起往下跳。

现在，音乐家和我都站在鸟舍的外面观察里面的动静。鸟儿们明显安静了很多。一只斑胁火尾雀扑进了水盆里，另一只跳到了喂食的桌上。如果把灯关了，它们就会安静下来，就像太阳下山了一样。

音乐家啪的一下扯下了橡胶手套，扔进了一个已经满溢的垃圾桶。我也照着他的样子做了。鸟雀们在欢唱，柔和的乐声使得房间四周僵直的墙壁也显得柔和起来。我注意到音乐家的表情也变得柔和了。看得出，他并不是那么生父亲的气,而是更担心会用错误的方式对待我们所爱的事物。

多年来，我都用悲惨的语言讲述着母亲的故事，把她描述成了一个做出牺牲却不开心、为了妻子的责任而放弃艺术追求的女人。在这个充满传奇色彩的故事中，瀑布之旅成为我母亲投降和失败的象征。我曾暗自责备她轻易放弃、不继续努力，让她的创造之梦就此破灭。

但那只是我想象的故事，不是她的真实情形。这个故事基于我对于作为一个艺术家的意义的想象；这个故事让我把自己想象得比她更自由（更好、更强大，并且不那么沮丧）。

事实也许正好相反。这个故事的另一个版本可能是，母亲并没有感到受挫，或是失去了什么机会，也没有陷入顽固不化的习惯，或是执着于太多的追求。在我这个年纪的时候，她并没有强迫自己去追求一种未必能给她带来快乐的激情。她热爱艺术，但没有它也无所谓。那并非她的标签。在很长一段时间内，她没有时间，也没有打算去寻找这世间的美好事物，那也没什么大不了。她并没有因为不想画画而自责，或觉得无法证明自己的价值。她轻松对待艺术，不再追求完美。她创作，却并不是因为有人在等待她的作品。她为自己创作。

事实的真相也许介于这两个版本之间。

母亲对我来说是个谜。我们之间有着沟通障碍，性情也不一样。她不会流露自己的情感或公开认错。她很容易生气，所以在我准备的每周一次的家庭聚餐上，我学会了只聊一些轻松的话题。我永远无法知道在拍摄那张照片之前，在她想象着开始一段全新的生活时，是否有那么一刻被幸福冲昏了头脑。我永远无法知道她当时在追求什么、想要去往何方，又是什么促使她决定回来，回到同一间房子里，过同样的生活。除了她需要保持和平的表象和稳定的生活，或是她对父亲绵长的温情之外，我无法准确地猜出她究竟为什么留下。

不过，我还是把这张瀑布边的照片留作证据。它告诉我：有时候，想逃离现实的冲动和对自由的渴望可能会把你拉到水边，让你在自己和他人不可调和的需求之间无所适从。看看这个瀑布，权当警示。

我曾经认为自由是隐匿的。我走在生命的房子中努力寻找，想象着也许我能找到它，它可能滚到床底下了，或是藏在抽屉柜后面了。

我曾经认为自由是一种简单的释放，将门打开，释放内心，就像释放笼中的小鸟，或是梦想成真。

但并非所有的鸟儿都会选择在天空自由翱翔。

现在我明白了自由的真谛。它是一种练习，而非一种持续永存的状态。杰夫·戴尔在小说《一怒之下》中写道："实际上，只有每天都努力才能获得自由。"自由不是一蹴而就的，也不是毅然决然的越狱行为，或是"某个时刻的果断决定"，而是"一个需要不断更新的过程"。

在如此狭小的范围和有限的时间内，你能做些什么呢？又是谁，或者什么东西在阻止你呢？

当我回顾十几岁时跟朋友一起出逃的事情时，有一点我是清楚的：我们逃跑，好像身后有人在追赶我们，但如果我们当时回头看一眼，就会发现其实没有。那些束缚我们的禁律和想要囚禁我们的"狱卒"都是我们自己想象出来的。

我们是听话的乖女孩，无法想象出逃竟然可以如此轻而易举，还不会遭受惩罚。毕竟，如果没有实质性的障碍，除了我们自己之外，还有什么能限制我们呢？

我们离开鸟舍时，鸟雀们还在欢唱。它们可能是在为远在澳大利亚、无法得见的"远亲"歌唱吧。那声音穿越重重障碍，传向四面八方。我们走下楼道时，隔着墙壁还能听到。

2月 微小

天鹅、鸭子、黑鸭、麻雀、
北美红雀、灯草雀、北美山雀、
卡罗苇鹪鹩、美洲雕、鸣角鸮

关于小型鸟和小的艺术作品带来的满足感，
以及在一个雄心勃勃的时代敢于瞄准小目标的勇气。

我认真对待我所做的事情。就像鸽子会把扔在地上的大块面包弄成适合进食的小块儿，我也会这样对待我的任务和面临的危机，比如家务活和准备饭菜。音乐家用这种方法对待自然。他的方法是每天享受一些小的自然景观，而不是直入宏大的荒野和逃离俗世，我觉得这样很好。旅行大则可以游览冰川、登上驶往马达加斯加的邮轮、前往韦尔东峡谷[1]或莫赫悬崖[2]探险，甚至造访月球；小则可以是漫步在城市公园里被游人踩踏的草地上、偶尔涉足安大略湖畔的森林，或是爬上一个小土坡。渺小的事物并不会使我感到沮丧或难过。那些大规模的自然探险之旅，常伴随着冒险刺激的长途旅行和沉迷于登顶的探险者，在我看来有些浮夸。这种对更大、更远目标的追求只是深植于西方文化中“不自量力”的一个例子而已。我喜欢微小的事物，喜欢这种反其道而行之、追求微小目标的勇气。

我们将一起踏上充满象征意义的朝圣之旅，去探索渺小的源泉。

二月，音乐家带我去了城市边缘的一个小船坞。我们将车

1 法国东南部的河流峡谷，被认为是欧洲最美丽的峡谷之一。

2 爱尔兰克莱尔郡布伦地区西南边缘的海崖，爱尔兰旅游胜地，以奇险闻名。

停进一个停车场。里面没有车，但堆满了钢铁栅栏，重型机械码头板堆积如山，大堆废弃的移动厕所结了冰，闪着寒光。那个地方看起来可不像什么世外桃源，倒更像是电影《机器人总动员》里面的某个场景。那也不是他说“鸟类观赏胜地”时我想象到的画面。我跟着他沿着木栈道走到了湖边一个树木繁茂的地方。

稍后，我在海边的一块岩石上坐了下来，周围是数百只绿头鸭、白得耀眼的天鹅和黑鸭。它们挤在一起取暖，享受着并不暖和的午睡。就在离我几英尺远的地方，一只天鹅把头埋在羽毛中，正在休息。音乐家指着湖中的天鹅，教我分辨黑嘴天鹅和赤嘴天鹅，还有苔原天鹅。接着，他去拍黑鸭的照片了。格格不入的我只能等着他的下一步指示，同时努力地想要跟岩石融为一体。不久后，我竟就那样慢慢适应了。几分钟、几小时过去了。一只黑嘴天鹅伸了伸脖子，发出来一声滑稽的、像小号的叫声。三只苔原天鹅沿着湖岸游来游去,仿佛是我内心飘移不定的思绪的投影。

我的思绪变得越来越缥缈，周围的一切也随之变化。一团灰色的薄雾从湖中升起，遮盖了对岸的炼钢厂，我想象着自己身处变化无常的电影场境中——从英格玛·伯格曼[1]

1 瑞典导演、编剧、制作人。

式的简约渐渐化为安德烈·塔可夫斯基[1]的诗意。我一直在观察的那三只苔原天鹅也变得模糊不清了。我顺着湖滩望去，远处有一个纤细的身影：是音乐家从迷雾中走了出来。

起身走路暖身的时候，我们几乎没有说话，因为我们的下巴都快冻僵了。一对北美红雀突然从我们身边掠过，落在一根树枝上。苍白的冬日背景下，一红一黄两个小身影艳丽得炫目。

在一条土路上，音乐家停下来拍摄几只灯草雀和北美山雀，一边还像个色情作家一样柔声说道："亲爱的、甜心宝贝、可爱的娃娃！你们太漂亮了！"雪花飘落在我们头顶。他不停地按着快门，咔嚓、咔嚓、咔嚓。几只胖胖的白喉带鹀跳入了视野。"亲爱的、亲爱的。"雪花飞舞，音乐家却在路边蹲了下来，全神贯注地拍摄小鸟。我想象着一阵突如其来的狂风、一群野牛奔腾而过，或是一群穿着金属色紧身衣的摔跤手走来，但明白什么都不会分散他的注意力。我回到车上取暖，整了整早上裹在身上取暖的毯子，在手套上又套了一双羊毛袜子。我来回跺着脚，唱着《跳起优美的舞步》(*Get on the Good Foot*)。

---

1 前苏联导演。

我回到了路上，音乐家伸手指给我看。

“那儿！你听。就是它，卡罗苇鹪鹩。”我们看到一个模糊的红褐色身影一闪而过，落入了荆棘丛中，太快了，来不及看清楚，那是一只鹪鹩。紧接着，一只年幼的美洲雕从我们头顶掠过。它还太小，全身深棕色，头部和尾部上鲜明的白色羽毛尚未长出。我们跟着它去到水边，看到一群镜冠秋沙鸭，头顶的冠就像伊丽莎白时代的新娘帽。它们潜下水去寻找藤壶，四周有巨大的冰块在相互碰撞着。

在回到车上的途中，我们看到一行七个人站在一棵树旁，照相机镜头朝向上方。而在高处的树洞里栖息着一只小小的鸣角鸮，正在打盹儿。鸣角鸮的羽毛有着错综复杂的灰棕色条纹，就像穿了一件隐形斗篷，使它们能跟周围的环境完美地融合在一起。可能有数以百计的人从这只鸮身边几英尺远的地方走过都没发现它的存在。但是一些眼尖的观鸟者还是发现了它，并把消息散布出去了。所以，现在，引来了一阵阵的闪光灯。

西蒙娜·韦伊曾说过：“关注是最稀有、最纯粹的慷慨。”但在那一刻我可以感觉到，音乐家因为人类为了自身的兴趣错误地对待鸟类而感到愤怒。他一张照片也没拍就把照相机收起来了。

卡罗苇鹪鹩

除了一些摄影师外，那天小船坞里还有其他人。我们在海边行走时，看到迷雾笼罩的海滩上出现一些幽灵般的身影，来去匆匆。一个穿着史蒂薇·妮克丝风格连帽斗篷的女人沿着小径定点撒下一些鸟食，偷偷摸摸地从我们身边溜过。她走后，我在手上放了一点鸟食，将手伸了出去。一只山雀落在我手中，它的重量不过一两盎司。还有几个留着络腮胡子、穿着运动服的年长一些的观鸟者。他们小心翼翼地走过来，好像感恩而死乐队[1]演唱会附近的票贩子或是药贩子那样，悄悄地向音乐家走近。他们说 :“沙滩上有苔原天鹅。”音乐家似乎能接受这种短暂而古怪的友善。

1 Grateful Dead：美国 20 世纪 60 年代的摇滚乐队。

我们回到车里，打开暖气，然后就开车回家了。一路上我们都很安静，各自想着自己的心事。我觉得，除了一些明显的意外，整个观鸟场景看起来相当不错。我喜欢那种无需表明身份的、没有压力的友情。我感觉鸟儿在加入其他鸟群时就是这么做的。它们不必表明自己的个性或是引起谁的注意，而是自然地融入其中。我想知道这种融合是否会让人感到特别放松，因为艺术家的自我意识要求我们永无止境地追求个性、做独一无二的自己，而这样的融合也许是这种自我意识的一剂“解药”。不必再费尽心思地特立独行，默默地融入群体之中也许就是一种解脱。

我从杯架上拿起咖啡，快速地抿了几小口。羊毛围巾绕着脖子围了两圈，我能闻到些许潮湿的味道。

一个星期前，我第一次去看了音乐家的演出。我迟到了，只好坐在一张破旧的酒吧凳上，把脚撑在墙上，以免晃得太厉害。缓慢旋转的迪斯科球灯把整个房间照得闪烁迷离。吧台上摆满了啤酒。房间里有四十来个人。音乐家穿着西装、打着领带，看起来利落又时髦。他表情扭曲，说话结结巴巴，来回地踱着步。我在高脚凳上摇晃着，双腿晃来晃去，为他感到紧张，又充满好奇。我知道他生活在一个音乐世界里，他可以坐在自己的公寓里，听古斯塔夫·马勒[1]和“乐队”[2]的曲子，或是弹好几个小时的钢琴。但我也知道他对艺术充满了怀疑。观鸟时找到的那种平静，在他上台的那一瞬间消失殆尽。

他的歌声甜美，但踌躇不决，不同于我以前听过的任何歌声。那感觉就像在拥挤的浅水池里驶进了一艘微型纸船：精细而易碎。歌词很丰富，唱到了鸟、幽灵、马、悲伤的家庭、流氓，还有希望，仿佛在讲述故事，引人入胜。一个自我怀疑的男人竟然可以唱出如此纯真、令人信服的歌声，简直使人难以置信。

高速公路上交通顺畅，我们聊着各自的雄心壮志。每个人都会问自己：什么时候才能满足？我们谈论着音乐家的新专辑。他把新专辑命名为“小小的鸟之歌”，与他的网站同名。这将是一组简单的歌曲，他自己弹奏所有的乐器。

“不需要用很大的声音来唱歌，我喜欢这个主意。你知道吗？那些超越城市喧嚣的小小的鸟的鸣唱。”

1　奥地利后浪漫主义作曲家，也是那个时代最好的指挥家之一。

2　1968 年在多伦多组成的加拿大裔美国摇滚乐队。

“明白。我懂你的意思。”我答道。

如果你把太多的内涵放进一首小小的歌里，唱到心累，那算什么呢？渺小还是伟大？如果你选择走上一个小舞台，只为你心中那个小小的人而歌唱，你很清楚歌曲很快就会结束，那么这算是谦虚还是自大？

日复一日，在一条小街上的小咖啡馆里的小角落的一张小桌子上，我写着自己的文字。在温暖的日子里，门会开着，有时候家麻雀会跳过或者飞过我的头顶。不知何时，我开始喜欢小小的东西。捕捉微小时刻的画作、近乎微观的雕塑、紧凑的小故事、动画短片、轻松的短篇小说、小花园、简朴的工作室、舒适的晚餐聚会，以及需求简单的平常日子，让我可以慢慢地积累写作时间。

然而，我不希望父母随着年岁的增长而日渐衰弱。我不喜欢小群体的、排外意义上的小（即：只属于少数人的）；心胸狭窄或是仇外心态（以小镇利益为名排斥新来的居民），或是刻薄吝啬（不愿付出情感）。

这也无关完美、令人愉悦或是高雅。若是给微小的事物加一个高价标签，或者肤浅地称之为技艺精湛，这样的微小并不是真正的微小，而是像娜塔尼亚·罗森菲尔德在她的可爱的小品文《微小礼赞》（*In Praise of the Small*）中指出的那样，是一个“宏大的反面……将宏伟书写成渺小”。我们可以称之为“高高在上的微小”。

也许我不应该认为微小的事物有更纯粹的意图。这可能是由于我个人的女权主义倾向造成的（这也解释了为什么那些象征着宏大或强健的事物无法吸引我的注意）。也可能是对佛教的倾向——以此确认小我与宇宙的其他一切事物是息息相关的。

马修·克劳福德在他的另类书《摩托车修理店的未来工作哲学》中写道：“许多人正试图恢复从个体出发的微观视角，摆脱对全球经济这只看不见的大手的依赖。”皮特·西格[1]在他2014年去世的前几年也曾说过：“我认为这个世界将会被无数小事物拯救。一旦变大，太多事情可能会出问题。”

我承认我对微小的事物有一种保护的心态。因为母亲喜欢批量购买和囤积物品，作为她的女儿，我更喜欢迷你的东

1　美国民谣歌手和社会活动家。

西，而不是“巨无霸”。又因为我嫁给了一个喜欢冗长压抑歌剧的瓦格纳迷，我自然地倾向于崇拜简洁和原声乐器。

我注意力不再集中也是一个因素。我已经不再喜欢看太长的电影或阅读大部头的书了。哪怕是读一下星期天版的《纽约时报》都让我感觉很焦灼。很久以前，我曾经看完了《浩劫》[1]，读那些厚厚的、可以用来抵门的书，还能听完整套的 CD，但在某个时刻，一种源于文化的懒惰占据了我。我仍然喜欢情节丰富的故事、长而复杂的句子，以及心理复杂、情感饱满的人物。但是我更愿意读泰茹·科尔[2]的《开放的城市》（*Open City*），而不是马塞尔·普鲁斯特的《追忆逝水年华》。

所以现在，我试着巧妙地压缩工作，或是进行小规模的工作，尽管并非一切都按比例相应缩小。在《琥珀眼睛的兔子》[3]一书中，埃德蒙·德瓦尔把他手中的那个坠子描述为“一次小型的精确爆发”。多么完美的描述！我的经验告诉我，一个作品的外在形式的微小也许能引领其内在意义的博大。

1 一部关于大屠杀的 1985 年的法国纪录片，由克洛德·朗兹曼执导。影片长达 9 个多小时，耗时 11 年完成。

2 Teju Cole：尼日利亚裔美国作家、摄影师和艺术史学家。

3 英国陶艺家埃德蒙·德瓦尔的家族回忆录。

但我也愿意静下来看看 Instagram 上某个意想不到的分享，或是一个有趣的漫画。微小的事物无需太深奥便能吸引我。

当然，这只是泛泛而言。我也喜欢一些雄伟宏大的东西，比如太平洋和某些闪着耀眼光芒的钛金博物馆，还有好友的那些有着了不起思想的大部头书籍，以及我丈夫嘹亮、深情的歌声。我钦佩他人的大作。我喜欢路易丝·布尔乔亚的大型雕塑《蜘蛛》和彼得·多伊格浓郁的反极简画作。我喜欢泰伦斯·马力克的史诗般的电影，他的作品有时会令人尴尬，却充满雄心壮志。我想亲自感谢他在《生命之树》中展现出来的巨大勇气。你还记得什么时候见证过如此辉煌的作品吗？

对于一些人来说，做小事的愿望可能被看作是一种逃避、自我保护的姿态，或者是一种病态的胆怯和狭隘。

小是一个安全的港湾。你的目标越小，你就越不容易受到打击或者“缩小尺寸”。从这个意义上说，对小的偏爱可能是低期望的另一种说法，或者是一种女性化的服从，例如“我不想别人认为我说话大声、肥胖、过于自信或者充满野心”。

好女孩经常被教育要让自己变得无足轻重，直到几乎失去自我，而渴望仍然在蔓延。如果我们也是“少数”，那么拥抱渺小就是一个不那么反叛的、更可预测的方法。娇小、玲珑、谦虚、细腻、顺从、轻言细语、温顺、可爱、女性化、整洁……亚洲女性通常不被认为具有威严，小野洋子除外，她常常因为在艺术方面的狂妄和过火的发言而被贬低。

提到声望，我们生活在一个自相矛盾的时代。一方面，我们有一个培养众多小“名人”的数字文化。《波特兰迪亚》的联合制片人凯瑞·布朗斯汀指出：“我们的生活中有无数个微小的舞台。Twitter、Instagram、Tumblr、Facebook、YouTube。餐盘是食物的展示台；床变成我们秀睡眠的场所；我们用自拍为自己赢得喝彩。我们不但展示自己的活动，还展示我们的情感、家庭和天空。”另一方面，我们的经济增长模式认为，如果你做小的事情（除非是精品和手工艺品，经济价值高或小到不同凡响的程度），那是因为你缺乏能力和弱小。

母亲说：“要更自信。”就好像我的文学作品“风格”不够自信、过于内向（也许有点），需要通过自信训练来纠正。“要是你能写一些犯罪题材的故事或是有关莱昂纳多·迪卡普里奥的故事就好了，或者写一个只喜欢吃香蕉的猫的故事怎么样？”有一次我问她关于我出版的一本图画书的意见（她甚至坐下来用谷歌搜索了几个小时，想要预测那本书的价值)，然后她说："很遗憾你不能像某某一样写一本了不起的书。我所有的朋友都在谈论她。"她边说边递给我一口很大的炖锅。我们坐在她拥挤不堪的公寓里，周围满是她一生收集的各种东西。那天，她在炖锅之前已经塞给了我一个超级大的电饭煲、一包三磅重的核桃，还有一大包运动袜。

令我困扰的是这样一个不言而喻的假设：不能做更大的事是一种艺术发展的停滞或失败。与母亲的看法相反，我不想在默默无闻和贫穷中憔悴下去。我不是在否定她吹嘘的作为移民母亲的权利。但事实上，我也不知道如何做更大的事情。也许我缺乏乔治·奥威尔在《我为什么写作》一书中描述的"纯粹的自我主义"，他认为这是作家必须具备的特点。但是，亚洲女性作家是如何理解"纯粹的自我主义"的呢？为了回应奥威尔，德博拉·利维写道："即使是最自负的女性作家，也必须随着时间的推移才能逐渐建立足够强大的自信，使她能够自始至终坚持下去。"

如果我因为藏身于较为渺小的世界和较为渺小的人群之中而感到内疚的话，那是因为我正在寻找艺术成功的其他模式。小是另一种可能性，它证明无论市场如何强制要求达成共识，总会有一些人在市场之外的地方进行艺术创作。

简单例举一些因小而获赞的人及鸟类（即“渺小万神殿”）：

清少纳言（966—1017），日本日记作家、诗人，其简短的《枕草子》深受读者喜爱，增强了日本艺术和文学中微小与艺术品质之间的联系。

伦勃朗·凡·莱因（1606—1669），极富才华的荷兰艺术家，他起初以小型蚀刻版画闻名于世，其中包括一系列印在白纸上的乞丐和流浪汉的画像，因其未完成和不完整的外观而闻名。

欧歌鸫，奶油色、胸脯上有棕色斑点的小鸟，它们以轻快的、长笛般的鸣叫声奏出别具一格的音符。

松尾芭蕉（1644—1694），日本俳句诗人，常常捕捉与大自然的广袤相比显得微不足道的人类生活细节，从细微处见宏大。

弗朗茨·舒伯特（1797—1828），奥地利作曲家，在短短的一生中写下了六百首歌曲。这些歌曲后来因著名女中音歌唱家克丽斯塔·路德维希演唱而得以流行，她说：“舒伯特是如此伟大，如此细腻！但他选择了一种看起来如此谦卑和安静的方式，以便能够沉浸于其中，达到感情上的爆发，他用这种细微的方式找到了完全表达每一种情感的方法。”

黑鸟，有着光亮的黑蓝色羽毛，可以同时发出两种声音。

艾米莉·狄金森（1830–1886），美国诗人，曾经形容自己“小如鹪鹩”。她过着隐居的生活，将生命的细节转化为诗歌。她对“微小”的衡量范围很广，在原子到北极星之间。

雨果·沃尔夫（1860–1903），奥地利作曲家，以其热情洋溢的微型戏剧歌曲闻名，这些歌曲被称为“迷你杰作”。

夜莺，通体棕色，微红的尾巴，充满神秘色彩，以其美丽的夜曲闻名。

罗伯特·瓦尔泽（1878–1956），瑞士德语小说家，其小说中的人物曾有一句格言——做小人物并保持渺小。他后因精神疾病住院，因其写作“极其优美细致”的微型散文而出名。

保罗·克利（1879–1940），瑞士裔德国画家，因技艺精湛的微型画作而闻名，他将音乐、神秘、图形魅力和古灵精怪的幽默感融入其中。

黑顶山雀，超大的圆头和微小的身体，充满好奇心，能发出简单的、哨声般的鸣叫。

乔治·莫兰迪（1890—1964），意大利画家，因其小而低调的静物画作（主要是花瓶）而闻名，以微妙而自律的手法表达了极其严谨的风格和极大的热情。

伊丽莎白·毕肖普（1911—1979），美国诗人，作品不多，却甚为有名。她说："我们总是沉迷于庞然大物；在这个庞大、喧嚣、耀眼的世界中，为什么不能有一些小的艺术作品，一些短小的诗歌或音乐……一些怡人的、低调的东西呢？"

紫朱雀，有着深粉色的"覆盆子"头，树梢觅食，歌声婉转柔和。

蒂莉·奥尔森（1912—2007），美国作家，代表作《沉默》。她字迹纤细，作品不多，却写出了对那些被文学史忽略的人们的极大关注——"那些被弱化的、被排斥的、失败的"，那些太弱小以至于你从没听说过的人。

罗莎·帕克斯（1913—2005），非裔美籍民权运动人士。她拒绝在种族隔离的公共汽车上让座，这一小小的举动引发了声势浩大的运动。

北美歌雀，拥有赤褐色和灰色相间的醒目条纹，能唱出有节奏的歌声。

皮特·西格（1919—2014），美国“现代民谣之父”，十分谦逊，同时也是一些小的政治行动的倡导者。他的歌曲常常讲述小人物的生活，将微小的声音汇集成响彻云霄的合唱。

莫里斯·桑达克（1928—2012），出类拔萃的美国童书插画家。在2004年的一次采访中他告诉美国公共电视网，自己之所以在二十世纪五十年代选择了这种低调的艺术形式，是因为他对自己没有多少信心。“我本没有打算画画。我不会去画浮夸的图。我不会去画廊展示我的画。我打算躲在没有人能找到我的地方，完全地表达自己。”

黄林莺，有着鲜亮的蛋黄色羽毛，站在高高的树枝上唱着甜美的歌曲。

小野洋子（1933— ），出生于日本的艺术家。在1964年遇见约翰·列侬之前，她把对生活中那些难以把握的大事的小小沉思集结成了一本名为《葡萄柚》的小册子，限量发行500本。她的歌唱风格说明亚洲女性没有威胁性且性格温顺的说法并非属实。

西托·罗德里格斯（1942–　），墨西哥裔美国歌手，以友好谦逊的生活方式著称。他不知道他的专辑在南非大受欢迎，也不知道他在激励反种族隔离积极分子方面发挥了作用。

灯草雀，通常呈深灰色，有明亮的白色尾羽，能唱出短小的颤音和安静的曲调。

Slinkachu（1979–　），伦敦摄影师，他以使用迷你雕塑创造微型街道装置而闻名。他的艺术作品能否幸存全看道路清扫车、步履沉重的行人和城里的动物是否脚下留情。

Minutemen（1980–1985），美国朋克摇滚乐队，因其歌曲的简短风格而得名。他们以“干扰经济”应对里根时期美国企业的贪婪和大众消费主义。

戴菊，英格兰最小的鸣禽，一只成年鸟的重量仅为四分之一盎司（约为 7.1 克）。它们的啼叫声音调很高，很多人无法听到。

在我们从船坞返回，就要进入城市的最后一段路上，我向音乐家提出了关于后代的问题。我回想起他在酒吧的表演，由于他在舞台上的羞怯和对于自我推销的厌恶，我想知道他是否曾有过关于“遗产”或创造“不朽的艺术”的想法。我想知道：是不是偶尔在人前唱一会儿小曲儿就足够了？唱完就走了？永恒的荣耀呢？他一点都不想要吗？

尽管他显然没有梦想成为一个超级巨星，但是我可以感觉到，如果他的音乐真的没世无闻，他会失望的。我俩都不是在对着井底低语，也不想把写下的文字藏在抽屉里或埋在地底下。

他笑了一下，顿了一会儿说道：“你知道，有时候我会想象，所有那些人们创造的东西，那些有史以来所有美丽的歌曲和书籍，都陈列在一个巨大的图书馆书架上，比如国会图书馆。我会想象从地板到天花板层层堆砌着的书架，想象我喜欢的所有艺术家都有自己的一行。也许格伦·古尔德会有两行。也许另外一个艺术家会在靠近顶端的地方有三行。然后我想：我想要的只是这个书架上的一个方寸之地。几英寸的空间，在哪里没关系，也许在角落里，那也很好。”

我点点头：一个与创造世界的所有天才同在的小地方。一个梦想。也许，它其实并不渺小。

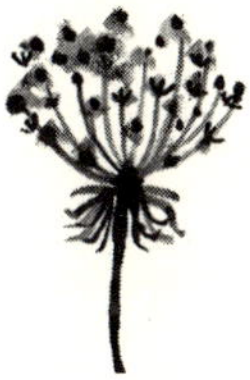

Spring

春

3月

等待

角鸮鹛、库氏鹰，
和一只孤独的北美鸮鹛

关于沮丧以及耐心等候的意外褒奖——等待鸟与灵感。

我的等待始于早春时节。

绿色的雪花莲长出了嫩芽，番红花也第一次展露了笑靥。这应该是一个乐观的时节，但我的感觉却恰恰相反。我和音乐家坐在高地公园[1]里的一家家庭餐厅的桌旁。几个星期以来天气一直很糟糕。街道两侧肮脏的积雪已经开始融化，现在路上到处都是一种看起来像灰色玛格丽特鸡尾酒的东西。

通常而言我挺享受和音乐家聊天的，我们的谈话内容包罗万象、漫无边际，让人意犹未尽。友谊就该是让人意犹未尽的。朋友们一起消遣时既需要时间感，也需要那种时间停止的感觉。所以，近年来我总是被年轻的男性吸引也就不足为奇了。他们通常比我小几岁，没有家庭义务，也没有那种分秒必争的感觉。

但那一刻，音乐家正在长篇大论地抨击一个在鸟类信息栏里留言的人，那人让他十分恼火，他一个细节都不放过。那是一个我不认识、也永远不会见面的人。我靠着椅背，等着他数落完，假装耐心地听着，注意力却从糖罐转移到了对面墙上的钟，看着它的指针悄无声息地扫。

---

1 High Park：加拿大安大略省多伦多市最大的公共公园。

这让人疲惫的时刻提醒了我一个关于人的事实——音乐家居然也像这世上其他人一样有着躁动不安和沉闷无聊的情绪，而我其实是一个缺乏耐心的、愠怒的朋友，并不懂得如何平静地跟朋友一起消遣。

出于一种精准的时间感，我急匆匆离开餐厅，去学校接八岁的儿子。尽管我竭尽全力不迟到，但还是迟到了。

就在这十分钟的等待中，儿子在参差不齐的冰面上摔了一跤，把下巴磕破了。我看到他独自一人穿过冰场走过来，拖着沉重的背包。我从远处看不出血迹，但立刻看出了他走路的样子有些异常。他跌跌撞撞的，惨兮兮的样子，好像一个刚刚在北极荒原中坠机的新手飞行员。我跑过去，蹲下来，抱着他查看伤口，他痛苦地呻吟着，眼泪啪嗒啪嗒地掉在地上。

伤口很深，我把他抱了起来，去了最近的医院。在封闭的车内，儿子的呻吟声一时变成了让人难受的尖叫声。当我们穿过医院大门进入急诊室的入口时，他终于平静下来了。他以前来过这儿，知道这儿的规矩。

急诊室里弥漫着浓重的酒精味；胸部丰满的分诊护士抹着亮晶晶的蓝色眼妆；橘红色的塑料椅子；一个十几岁的男孩脚踝折了，眼睛下面还有个伤疤，正在往嘴里塞巧克力棒；骨瘦如柴的女孩手里拿着一个跟她一样消瘦的钱包；白发苍苍的老妇人一只眼睛上带着眼罩；坐在轮椅上的中年男子用长长的吸管喝着橙汁；电视屏幕上播放着《新鲜王子妙事多》；清洁工不停地擦拭地板；边上是无法形容的米黄色墙壁……几个小时过去了，我们变换着各种坐姿，肚子开始咕咕叫了，饥渴难耐。吃完了我背包里的杏仁之后，我们“突袭”了自动贩卖机，买了士力架和阳光薯片。

儿子困了。他之前表情紧张，但也准备好了面对现状，现在他开始觉得无聊了。他躺在我腿上，双手交叠放在脸颊下面当作枕头。我跟他说，很抱歉那么晚才去接他。“这一切本不应该发生的。”我说。他抬头看向我，好像根本不明白我在说什么。我把他的胳膊和腿拢在一起，像个蒲团一样地抱在怀中。一个醉醺醺的女人看起来像是刚跟墙壁打了一架，她对着我们满怀深情地笑了。她的鼻子和额头都有淤青，打着绷带，嘴上涂着一层厚厚的铁锈色口红。我也冲她笑了笑。房间里挤满了人，大家都在排队候诊。

医生叫了儿子的名字。他太疲倦了，加上医生舒缓的声音让他平静下来了，当冷冰冰的针头扎过来时，他只是轻轻地哼了一声。医生缝合下巴、拽着他冰冷的皮肤时，我抓住了他的双腿。当他活泼地向急诊室的工作人员告别时，我也握着他的手。（“很快再见！”他说。“我们希望不要再见了！”他们答道。）这是内啡肽在起作用，也是因为他想起了不久前的事情。这是他六个月来第二次严重的摔伤了，第二次缝针。两次摔倒时都没有任何外力影响，他就是突然跌倒了。

后来，将近凌晨一点的时候，我躺在床上，听到儿子在楼下把所有的灯全部打开了。我走下楼，看到那里像体育馆一样灯火通明。“我很担心，”他说，“我不想再摔跤了。”我突然想起有一小包危地马拉的解忧小玩偶。我在珠宝盒里的一叠未开封的信封底下找到了它们。儿子特别相信特殊疗法。我递给他三个身着礼服的小娃娃，他把小娃娃捧在手里，对每个娃娃低声耳语了一些他的忧虑。待他重新睡下之后，我躺在床上，想着那些未曾开启过的信封，一共有七个。它们是父亲在二十年的住院治疗过程中给我的。每个里面都有在紧急情况下我需要知道的所有事情，和我需要联系的每一个人，*以防万一*。我对每个信封都悄悄许下了一个愿望。*我希望你是一封充满爱的书信。我希望你是一张飞往意大利的机票……*

一切如常。无人来，亦无人往。

太糟糕了。

——塞缪尔·贝克特，《等待戈多》

等待迟到的朋友。在电影院排队等候。等待电话铃响。等待邮件。在收银台等候付账。在堵车中等待。等火车。等飞机。在黑暗的剧院中等待。在国外等待。等待分娩。等待行动迟缓的孩子。等待年迈的父母。等待出错。在医生的办公室等待。慢性病的等待。等待陈腐低效的公共服务。等待弥赛亚。候补名单的等待。希望和等待，等待和希望。童年的等待。等待长大。老年的等待。等待康复。等待下一次中风。等待身体彻底放弃。等待灵感。田野休耕期的等待。无所思和无所不思的等待。等待暴风雨结束。等待太阳升起。

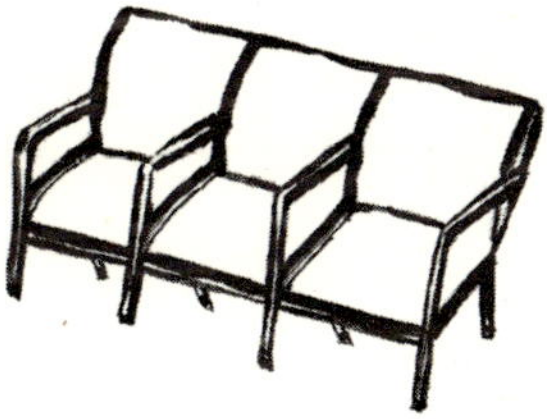

音乐家和我在月底再次见面。我们安排好去安大略湖畔的一个公园，位于某个精神病医院旧址。那儿有一种“热门的”

鸟。音乐家觉得这将是一次不同寻常的观鸟活动。空气潮湿而柔软，厚厚的云彩飘过天空。这天恰好是我的生日。音乐家告诉我:“我在寻找一只意外之鸟。”他解释说，“意外”是一种描述迷途孤鸟的说法。对于观鸟者来说，没有什么比在错误的地方，或是在对的地方但是错误的时间发现一只鸟更有意思的事情了。我们要找的是北美鸊鷉，它是北美西部常见的水鸟，但在安大略省却很罕见。

我对这个意外之鸟的想法产生了兴趣。它会不会是一种厄运的先兆？预示着气候变化和物种可能面临的灾难？或者它仅仅是一只反叛的、方向感差的、不喜欢集体行动的鸟？

我们在码头边坐下，天空洁净如纸，身后是交通高峰期的喧嚣声。在远处的两岸之间，那只北美鸊鷉在游水。即使离得那么远看，它也是我见过的最漂亮、最优雅的水鸟之一 ——修长的身型，黑白相间的羽毛。它让我想起了皮娜·鲍什[1]，长长的黑发在优雅的脖颈后盘起。有一种舞者特有的光鲜亮丽，高高在上，让人仰慕。

我们等待它靠近。

1　著名的德国现代舞编导家。

等待着。

等待着。

很难决定我们应该待在哪一边。这边或是那边。我们尝试着去了一边，然后看着它滑到了离对岸较近的地方；徒步二十分钟后，我们来到了另一边。就在那时，它又游到了靠近对岸的地方。

所以我们只能等了又等。我们一会儿坐在岩石上，一会儿又坐在草地上。天空万里无云，时间一小时、一小时地过去了。音乐家轻轻松松地做到了静如止水。而我则要费尽力气才能让自己静下来。如果有静止奥运会的话，我想，音乐家一定能登上领奖台。

微风拂过我的耳边。更多的人来到这里看北美鸊鷉了。音乐家解释说，当有“热门鸟”出现时，有关它的消息会通过各种渠道快速传遍整个大陆的鸟类爱好者通讯网。

二十年前，如果你看到一只不寻常的鸟儿，你可能会跟某个在公园碰到的人提起，大致指一指它的位置。现在，人们用手机可以对鸟类进行全球卫星定位，精准无误。一个在美国乔治亚州萨凡纳市的观鸟者，在一只小鸟被发现顷刻之后就可以得到消息：“中央公园附近第89街，有一只浅褐色的雌性蓝林莺。”

到上午稍晚的时候，水边已经散布着前来观鸟的各种人群。他们用双筒望远镜、观测镜，或是架在三脚架上的相机观察那只出名的鸟，一些不是特意来观鸟的人则把双手卷成筒状眺望。在一个工作日哪里来的这么多人？为了一张模糊的照片，在荒芜的防波堤上等待几个小时真的值得吗？

一只有着黑色条纹和白色尾巴的库氏鹰从我们头顶飞过。一只角鸊鷉头顶的羽毛酷似克劳斯·诺米[1]松软的发型，它正在表演潜水和消失。音乐家和我试图猜测它会重新出现在哪里。那里，或者那里，也许在那里。这是一个轻松有趣的游戏。对于一个忙碌的、有工作的人来说，它不是。但是我们早已摆脱了那种忙碌。

最基本的时间单位、当下的节奏、轻拍的水声、天空的颜色慢慢地由白转成鲜艳的钴蓝，这些就是那些划着船、已经退休的人们的节奏。或者，也许这是那些煽动工厂自发罢工的革命者的节奏。无论是哪一种，我们都**停止了工作**。我们已经不再受制于生产时间框架。我那种习惯性的觉得自己迟到的感觉也消失了。

1　德国男高音歌唱家，以声域广阔和不寻常的、另类的舞台角色闻名。

我听到音乐家的相机快门响了一下，抬起头来，看到那只北美鹈鹕正在伸展翅膀。然后它又收回了翅膀，继续游动。

根据《韦氏词典》的解释，“等待”这个词意味着停留在期待之中，在别的事发生之前不做任何事情。等待意味着保持静止状态并做好准备。等待的词源是要观察、留神，保持清醒。

等待就是接近无为，感受那种接近虚无的感觉，并充分相信不仅仅如此。

对于观鸟新手来说，最难适应的就是没有行程安排、甚至不知是否有结果的等待。蕾切尔·卡斯克在她的小说《轮廓》（*Outline*）中描写了这种令人不安的慵懒的感觉。她描述说“极其无用的感觉”和“某种疾病的感觉”实际上只是“生命过度运动之后的寂静感”。大多数人没有时间去体验寂静带来的问题。生活太短暂，没有时间浪费在冗长乏味的事情上面。为了一只鸟，在寒冷的地方，在石头或木头上坐几个小时，这个想法本身就是疯狂和愚蠢的。
然而——“时间对于观鸟者来说有着不同的意义”，具有传奇色彩的纽约市观鸟者斯塔尔·萨菲尔如是说。作为中央公园观鸟活动的元老级女性，她曾在将近四十年的时间里每周四次带领大家步行观鸟（特别值得一提的是，有一次，柯南·奥布莱恩[1]也参加了）。这场 8 美元的旅程每次持续五到六个小时，这意味着其间有漫长的等待。即使在 2002 年被诊断为转移性乳腺癌之后，即使在她需要吃止痛药才能继续行走的时候，她也没有放弃这些步行观鸟的活动。（她承认说："每次旅程结束后，我都几乎没有力气撑到回家，一到家我就完全瘫倒在床了。"）即使意识到自己时日有限，时间在飞快地消失，她仍然以无限的耐心坚持行走和等待。也许是等待减缓了时间的脚步，她一直活到了 2013 年，超过了医生的预测。

使等待变得痛苦的真正原因是不愿等待的意欲和目标。有一天，在牙医诊所里我突然顿悟了这个道理。牙医因为别的手术迟迟不来，时间无情地推移。牙科保健师说，我是她见过的最有耐心的病人。我就像一张无骨的人皮一样披在牙医的椅子上，她惊叹于我能如此安静地一动不动地躺在那里。"我是一个新手妈妈。"我说。她会意地点了点头。

1 美国电视节目主持人、喜剧演员和电视制片人，以深夜脱口秀闻名。

躺在那张椅子上，不用再看护、思考、说话或做事，我意识到：有时候等待是很痛苦的；但是，总是为了别人匆忙行事，总是想方设法在有限的一天时间内完成尽可能多的事情，也是一件痛苦的事。

我和音乐家又起身走了一小段路，舒展一下双腿。天气越来越冷，我们呼出来的气凝成了白色的雾团。等我们回到之前坐着观鸟的地方时，那只北美鹬鹝仍然在远处游动，对于自己引起的关注，它显然毫不知情，正享受着自己的正午节奏，胜似闲庭信步。

保持清醒，等待。继续等待。我在学习。我所学到的东西是无声的，也是普通的，尽管如此，我仍然感到它是非常重要的。这关乎如何成为一个观鸟者，或许更多。它是这样的：

如果你希望看到一些东西，尤其是特别难以捉摸的东西，你必须学会等待，就像一个虔诚的信徒或乐观的情人。你选择一个地点坐下，然后在那里等候。你坐在那里，风雨无阻，等待美丽的事物发生。

你会发现神奇之处在于，坐下之后你哪儿也不想去了。如果你足够幸运的话，这会把鸟儿拉得更近，或者让你更容易发现它们。你会坐很久，久到你最终也成为背景中的一部分。

如果你变得焦躁不安，你要控制住自己，不能像小时候那样冲进鸭群或麻雀群，就为了看到它们纷纷惊慌地腾空而起。你要克制自己，你知道只要你在某个鸟群栖息地做出“突然的、漫不经心的、不小心的”动作，就有可能带来博物学家乔恩·杨称之为“鸟犁”的风险。这不仅仅是让人讨厌的举动，更有可能威胁到鸟儿的生命。由于突然起飞而浪费能量的鸟儿如果在陌生的地方降落，很容易成为那些“警醒的捕猎者”的猎物，这些猎食者会在它们惊慌失措的时候乘虚而入，攻击它们。

你会发现，观鸟的目标是变得尽可能的安静和隐蔽，而要做到这一点最简单的方法就是待在一个地方，尽量少造成干扰。当你停下快速的动作，停止突然的噪音和不必要的躁动时，鸟儿（即使是那些紧张的、喜欢栖息在树枝上的品种）可能也会开始尊重你了，我的意思其实是，开始忽略你了。

尽管你将不可避免地发现，并非一切人类的欲望都能被即时满足，但是你的耐心也许会得到回报。你会遇到一些难以处理和深藏不露的事情。这些东西可能稍纵即逝，逐渐被淡忘，而且也没有任何显而易见的回报，但是你会发现，观鸟的世界有时也是奇迹出现的世界。

唐·麦凯（加拿大诗人，热切的观鸟者）："你能做的就只有确保你待在正确的鸟类栖息地。"

尼尔·杨（加拿大歌手）："我不会去苦思冥想地创作（一首歌曲）。我等它们自己出现……如果你想抓住兔子，那就不要在兔子窝边待着。"

安妮·狄勒（美国作家）："无论我们是否愿意或能否感受，美丽和优雅都存在。我们所能做的只是竭力与它们同行。"

我和音乐家收拾了一下，准备离开了。还有二十几个人仍然留在那荒芜的防波堤上，安静地等待着可能永远不会到来的东西。我钦佩他们的决心和支撑他们坚守"任务"的特立独行的力量，这与世界的主流迥然相异。他们没有推动这个城市经济的发展，而是反其道行之。

就在我们分别之前，音乐家给了我第一本关于鸟类的书，一本 1967 年版的罗杰·托里·彼得森的《鸟类野外指南》(*A Field Guide to the Birds*)，蓝色精装版，用硬硬的玻璃纸包裹着。这是一个精美的版本，我小心地捧着它，也许有点惶恐,好像这本书里储存着所有我以前从未想过的事情。

4月

知识

红翅黑鹂、家朱雀、知更鸟、
林鸳鸯、翠鸟、烟囱雨燕、
夜鹭、白鹭、北美歌雀、
白喉带鹀、家麻雀、赤膀鸭

关于现实世界中书籍的功用
和真正了解某些东西的欲望。

我关于鸟类最早的记忆是特拉法尔加广场的鸽子。我还记得站在纳尔逊纪念柱旁，手里握着一小块面包，一大群贪婪饥饿的鸟围着我。那时我四岁。我还记得那个留着精灵短发的保姆教我如何撒面包屑。像这样，她说，轻轻地撒出去。

搬到加拿大之后，我记得那些在学校外掉下来的小鸟。那是一个安静的、植物繁茂的小区，叫做森林山。那些鸟儿在天空中横冲直撞，冲向哥特式的玻璃窗，它们以为玻璃窗是通道。很快我就学会了分辨鸟撞上玻璃窗时发出的声音。我也明白了，当鸟和楼房相撞时，楼房总是赢家，而鸟儿就像小沙袋一样落到了草地上。我们出来玩时，会在橡树底下发现一些煤渣色的小鸟尸体。我还记得它们那像火柴棍一样的细腿戳向天空。有时会有一两滴血，但通常它们看起来像是在打盹。两年后我就离开了那所学校，所以我不知道他们是否学会了给窗户装上窗帘，或是像有些建筑物那样在玻璃上贴上防止鸟儿飞入的震慑图像。但是记忆中，当时我觉得鸟儿因为相信自己会飞翔而受到惩罚，这似乎是一件很残酷的事。

我记得代代木公园的乌鸦。当时我十八岁，正和我的加拿大男友一起在东京散步。我记得乌鸦突然间就使天空暗了下来。我记得它们尖叫着俯冲下来，用嘴撕开了一个距离我们仅几英尺远的垃圾袋。我记得它们宽阔的翅膀快速扇动的声音，它们的爪子看起来就像卡通片里女巫的手。我被吓哭了。我知道它们有时会袭击那些毫无防备的、离它们巢穴太近的行人。它们野蛮而残忍，会啄出还活着的动物的眼睛。秃鹰至少会等到动物死后才下手。

在我成长的岁月中，每年夏天我都在东京度过，而且一直都很怕乌鸦。它们被称为丛林鸦，在一个干净整洁的城市中心看到它们既荒诞又可怕。它暗示着在整洁的街道和闪闪发光的外表之下可能隐藏着狂野不羁的现实。

外婆家附近可能还有其他的鸟儿，我已经记不得了。但我记得我常常待在家里。我记得日式屏风是如何滤过外界的声音——卡车和车上扬声器的声音、烤红薯的叫卖声和那些兜售右翼政见的人的声音。我记得雨水顺着铜质落水管从屋顶檐槽倾泻下来时舒缓的声音。雨天适合给在北安大略省参加夏令营的朋友们写信。雨天是阅读的好日子。

在日本漫长的夏季，当无聊和孤独威胁着要吞噬我的时候，我会躲到外婆家的一个小房间里，铺开蒲团，打开风扇，阅读。对书籍的终生热爱亦始于此。

我逃离现实。我跟随《五伙伴历险记》[1]去到英格兰和威尔士的乡村，跟随克劳迪娅和杰米·金凯德[2]去纽约。我穿越时间，改头换面。我曾在远古的侏罗纪时代生活，也去过未来的原子世界。我曾住在马康多[3]和圣洛伦左共和国[4]。我曾是草原女孩，也是法国侦探。我既体验过悲惨、贫困的狄更斯时代，也见识过金碧辉煌的封建王朝。

书是我最可靠的伙伴。出门的时候，我会去市中心的新宿区买英译的日本小说。夏目漱石、谷崎润一郎、大江健三郎。在姨妈的佛坛旁边，我的书在榻榻米上围着我筑成了一个巢。线香轻燃，缕缕檀香飘过。

它们是我的生活和麻醉剂。正如亨利·米勒所写的那样，它们“是活生生的，它们跟我对话”。“关于孩童时期的阅读，有一个我们容易忘记的重要因素，那便是实际的阅读场景。事后数年，人们还会清楚地记得触摸那本最爱的书的感觉，它的排版、装订、插图等等。人们可以轻松地想起读第一本书的时间和地点。有些书与疾病有关，有的与

---

1 *The Famous Five*：英国作家安迪·布莱顿编写的一系列儿童冒险小说。

2 小说《巴兹尔·弗兰维勒太太的混乱档案》中的人物，作者 E.L. 哥尼斯堡，美国童书绘本作家和画家。

3 小说《百年孤独》中的虚构城市。

4 《猫的摇篮》一书中的虚构国家。

恶劣的天气、惩罚、奖励有关……这些阅读标志着人们生活中的特别‘事件’。”

我曾是一个小书虫，长大后成了大书虫。书给我带来愉悦，也给了我孤立自己的借口，让我在感到困扰或害怕的时候逃离这个世界。书让我远离各种需求、日常、家庭和当下的世界。深夜，它们为我带来慰藉，供我消遣；离家的日子里，它们又成了友谊的替代品。

苏珊·桑塔格在一篇日志中谈到，即使面临绝症，她也无法停止阅读，她写道："我不能停止阅读……我用一千根吸管吸取阅读的营养。"我了解那种对文字的无尽的饥渴，甚至尤其是在面临危机的时刻。读到桑塔格的话时，我想起了一张有名的照片，它展示的是 1940 年空袭后伦敦某书店的废墟。照片中的男人在突袭警报解除后浏览书店的货架。这充分显示了英国人的毅力，或者，也许是无法控制的书瘾；标志着荒唐或是无法被征服的希望。

书籍给予了我很多的幸福，但说实话，它们也让我失去了一些东西。在小说的字里行间我瞥见真实的世界；在原本可以接触真实世界的时候，我却在追寻文字。

因为在日本度过的那些日子，每当我打开一本书的时候，都会想象榻榻米飘来的麦香。我也无法坐直身体阅读。为了让自己沉浸在书中，我必须斜倚着。裹着毯子的时候，我的阅读状态是最佳的。

有时，书籍是我的容身之地，有时，它们却将我圈禁。

尽管我阅读过大量的书籍，但在大多数实际情况下，我仍然感觉知识匮乏——这就是阅读的间接感受性。我从书中了解到了世界宗教、古代文明、政治运动、现代战争的创伤、法律理论、艺术史和无意识理论。它们增强了我的同情心和洞察力。但我还是不知道哪一种浆果是有毒的，或者如何预测天气、给伤口止血，以及不用火柴如何生火。

我的阅读面可能太窄了。我认识很多读书人，他们知道如何解决实际问题，如何在现实世界生存。西蒙会烤面包。杰森会盖房子。裕美知道如何在树林里觅食。裘德知道如何制作膏药。苏珊可以用树皮制造绳索。萨沙懂得如何接生。其中一些知识可能来自书本，但是我怀疑这些知识大部分是通过实地观察和长时间对话，通过反复尝试和纠错、苦苦思索和沉思冥想而慢慢获得的。

有时候，当我觉得就我一个人很无知时，我想知道别人都懂得些什么。在附近小区散步时，我看到一些留着胡须的男人，穿着老式的伐木衫，像伐木工人那样；有些婀娜多姿的女人看起来像是穿着草原裙衫的农场主。他们看起来像是要去河边将木头放入河中让它们顺流而下，或是去辽阔的草原上采摘花花草草。他们看起来像是会懂得这些词：小溪、毛茛、鹭、桦木、甜菜根、驴叫、马笼头、醋栗、渡鸦、柔荑花序。

2007年，牛津大学出版社从其《初级词典》中删除了一些与自然相关的词汇，其中包括有三十种动植物的名字，如“橡子”“黑莓”和“米诺鱼”。这些词被“模拟”“宽带”和“剪切粘贴”等最新的术语所取代。2015年，国际上一群作家发表了一封联名公开信，要求恢复这些词汇。

基于以下两点，我们提出这个请求。首先，自人类历史之初，自然与文化就是彼此联系的。这种联系有史以来第一次面临被打破的危险，这将危及社会、文化和自然环境。其次，“童年”正在发生深刻变化，这些变化有些是消极的，儿童与大自然的联系迅速变弱是一个重大问题……

我们认识到需要引入新的词语并为它们腾出空间，也不打算对添加的词语进行详细的评论。然而，令人担忧的是，与那些被删除的词相反，许多新词与当今这种不进行室外活动的、孤独的童年关系密切。

音乐家懂得一些东西。这一点我很早就明白。即使他表现得像一个轻浮的艺术家，我仍然知道，作为一个兼职房东，他知道如何修理冰箱，会做基本的电工。同样清楚的是，作为一名观鸟者，他可不只是业余水平。他总是知道该在何时去何地观鸟。他知道会观察到何种鸟，通常也知道它们为什么，以及如何到达那里。

倒不是他会自吹自擂。他是个有趣的人，总是有故事可讲，幽默诙谐又乐于助人，但作为一个导师，他的指导性还不够强。那本作为生日礼物送给我的罗杰·托里·彼得森的书是他第一次对我做出明确的指导。

我觉得挺好。至少在跟音乐家一起观鸟的头几个月里，我很高兴我知之甚少。我没有查阅资料，离开了书本生活。我喜欢这种纯粹的、未经过滤的体验。我是一块空白的石板。天空和树木就是我的学校。

这一切都很浪漫，但也不真实。其实我是了解一些的。每次出门散步时，关于鸟类的知识都伴随着我。它融合在流行歌曲、诗歌、神话、花哨的自然风景明信片、IMAX 电影、华纳兄弟动画片、家乐氏果脆圈的广告、欧洲大师的画作和自制手工艺品中。我沉浸于流行生态中。我从披头士乐队的音乐中了解了黑鸟，从翠迪鸟[1]那里明白了飞行机制。我曾获得的鸟类知识不是我想消除就可以消除的。

与音乐家同行的头几个月里发生的是一个逐渐剥离的过程。接触真实鸟类越多，我对鸟类的间接印象消失得就越多。当我们一起坐在雾霭缭绕的地方忘记了时间时；当我再也看不到自己想象中的树木，而是开始看到无边无际的绿荫时；当我望着天鹅的背影，看到的是每一根羽毛都是一件错综复杂的白色杰作时；当距离消失，我自己的尺度感也逐渐缩小时——这就是一种蜕变。

之后，音乐家的膝盖受伤了。这发生在四月初，他的伤有点重，我们在一段时间内都无法继续观鸟了。为了打发时

1　华纳兄弟系列动画片中的黄色金丝雀。

间，我决定阅读。在音乐家的网站上，我看到沃克·埃文斯[1]的一句名言："在离开人世之前学点什么。"突然间，不阅读似乎成了一件既愚蠢又懒惰的事。

我从图书馆借了一堆书。有关于鸟类骨骼密度和飞行肌肉组织的书籍，也有带有声波图、图表，以及各种实验室观察和解剖记录的书。我很快地翻完了这些书，然后归还了。这些书信息太多，我向自己做出承诺：只为乐趣而读书，不为了完成任务。我想要约翰·福尔斯[2]所说的树林知识："随意闲逛时认识的树木，仅此而已。一个业余爱好者，而不是什么专家；总是在丛林中迷路，而不需要打印出来的地图。"

《鸟类学手册：禽类结构与功能》（*Manual of Ornithology: Avian Structure and Function*），诺贝尔·S. 普罗克特（*Noble S. Proctor*）著

《鸟类学》（*Ornithology*），弗兰克·B. 吉尔（Frank B. Gill）著

《无羽之鸟》（*The Unfeathered Bird*），卡特里娜·范·格鲁（Katrina van Grouw）著

---

1 Walker Evans：美国摄影师和摄影记者，以其在美国经济大萧条时期为美国农业安全局（FSA）拍摄的记录作品而闻名。

2 英国小说家，代表作《收藏家》《法国中尉的女人》等。

《鸟的内部结构：解剖与进化》（*The Inner Bird: Anatomy and Evolution*），加里 · W. 凯撒（Gary W.Kaiser）著

我借了更多的书。有业余鸟类学家和周末自然主义者的老书。我开始明白为什么很多人对关于自然的写作敬而远之。书里满是那些充满浪漫气息的漫游和令人瞠目结舌的长篇大论；尽是那些高耸的山脉、娇嫩的花朵和熠熠生辉的落日。太多的情感流露、太多激情和对我们这个讽刺时代的爱。即使我那些热爱自然的环保主义者朋友也避免看这些作品。

《荒野之像》（*Portrait of a Wilderness*），盖伊·蒙特福特（Guy Mountfort）著

《观鸟者日记：理查德 · 米林顿的观鸟年记》（*A Twitcher's Diary: The Bird Watching Year of Richard Millington*），理查德·米林顿（Richard Millington）著

我借了更多的书。尽管想保持开放的态度，但我还是在与自己的偏见作斗争。我以貌取书，通过书的封面来评判它们；也通过沉闷、长相各异的作者来评判它们，这些作者好像刚刚从漫天风沙的荒野回来。只要书一开头就呈现出一种病态的甜美或是过分的无聊，我都会马上下论断。我蜻蜓点水般随意地翻看着。

《鸟类收藏家》(*The Bird Collectors*), 芭芭拉·默恩斯、理查德·默恩斯(Barbara and Richard Mearns)著

《鸣禽之旅》(*Songbird Journeys*), 美代子·楚(Miyoko Chu)著

《迎风而生》(*Living on the Wind*), 斯科特·魏登索尔(Scott Weidensaul)著

《王霸鹟之路》(*Kingbird Highway*), 肯恩·考夫曼(Kenn Kaufman)著

《约翰·詹姆斯·奥杜邦：一个美国人的诞生》(*John James Audubon: The Making of an American*),理查德·罗兹(Richard Rhodes)著

《鸟儿都去哪儿了？》(*Where Have All the Birds Gone?*), 约翰·特伯格(John Terborgh)著

《鸟类大英百科全书》(*Birds Britannica*),马克·科克尔(Mark Cocker)、理查德·梅比(Richard Mabey)著

《时日不多的鸟类》(*Birding on Borrowed Time*), 菲比·史奈辛格(Phoebe Snetsinger)著

《蹩脚观鸟者指南》(*How to Be a Bad Birdwatcher*), 西蒙·巴恩斯(Simon Barnes)著

《一只麻雀的天命：与鸟儿生活的教训》(*Providence of a Sparrow: Lessons from a Life Gone to the Birds*), 克里斯·切斯特(Chris Chester)著

《草地、天空、歌声：草原鸟类世界中的承诺与危险》(*Grass, Sky, Song: Promise and Peril in the World of Grassland Birds*), 特

雷弗·赫里奥特（Trevor Herriot）著

《自然疗法》（*Nature Cure*），理查德·梅比（Richard Mabey）著

《奔跑的天空》（*Running Sky*），蒂姆·迪伊（Tim Dee）著

《关于灭绝：人类是如何疏远大自然的》（*On Extinction: How We Became Estranged form Nature*），梅拉妮·查林杰（Melanie Challenger）著

我收集了一些影响深远的北美洲实地指南。光滑的页面、简明直观的术语和很有逻辑的表格。我喜欢这些书，厚实有分量，图表清晰明确。

《西布利鸟类指南》（*The Sibley Guide to Birds*），大卫·艾伦·西布利（David Allen Sibley）著

《柯林斯鸟类指南》（*Collins Bird Guide*），基利安·穆拉尼（Killian Mullarney）等著

《鸟类野外指南》（*A Field Guide to the Birds*），罗杰·托里·彼得森（Roger Tory Peterson）著

这些书通常分成两个阵营：科学家或追踪者看到的鸟类，以及诗人或漫游者看到的鸟类。正是后者往往使我沉浸其中。但因为这些书充斥着过于强烈的主观情感，所以使得叙事主体是谁的问题特别突显：是谁在漫游？是谁大胆地

走出去，孤身一人，不受束缚？是不是凯瑟琳·杰米在《伦敦书评》的文章中嘲讽的“独自陶醉的男人”？她的那段嘲讽很有名。（“从山那边来的到底是什么？一个白人，中产阶级的英国人！……来自剑桥！……用他文明抒情的词语来镇压我们这片严酷的、可爱的，有时又充满艰辛的土地。”）尽管有着二十一世纪的自我意识和世界大同的虚伪外表，本质上仍不过是一些在追求精神探索的迂腐绅士。

《游隼》（*The Peregrine*），J.A. 贝克（J. A. Baker）著
《塞尔伯恩的自然历史与古迹》（*The Natural History and Antiquities of Selborne*），吉尔伯特·怀特（Gilbert White）著
《老方法：徒步旅行》（*The Old Ways: A Journey on Foot*），罗伯特·麦克法兰（Robert Macfarlane）著

这些书的风格迥异。有些充满怪异幽默的轻松对话；有些安静、严肃，被同样风格的杂志大肆鼓吹。我最喜欢的是短小温暖的书，基于真人经历，而非沿袭那些早就已经消失的乡村传统。我喜欢的那些书常常会强调在我们大多数人生活的、并不原始的实际环境中的小小野性。凯瑟琳·杰米在《发现》中写道：“在洗衣和接孩子放学之间的空隙里，鸟儿进入了我的生活。”这些书中有许多都是由女性写的，对于这些女性来说，关注身边的事和家人往往是必要的，而不是那些遥不可及的大事。

《伟大的共同利益》(*The Greater Common Good*), 阿兰达蒂·洛伊(Arundhati Roy)著
《飞行地图:现代美国的自然历险》(*Flight Maps: Adventures with Nature in Modern America*), 珍妮弗·普赖斯(Jennifer Price)著
《致河流》(*To the River*), 奥利维娅·莱恩(Olivia Laing)著
《乌鸦:与鸟类一起生活》(*Corvus: A Life with Birds*), 埃丝特·伍尔夫森(Esther Woolfson)著

关注在城市的夹缝中生长的自然,我觉得这很合理,并非因为我们应该将人类对自然造成的损害浪漫化,而是因为,最终,我们能够拥有的就是被人类社会改造了的自然。

我开始欣赏那些更纯粹的科学书籍,而不是那些虔诚的灵感之作。诗歌捕捉到鸟类难以捉摸的本质,但科学使我们能够精准而优雅地认识它们。最好的书籍是在诗意的朦胧和科学的认识之间找到一个完美的平衡点。

《鸟类的智慧》(*The Wisdom of Birds*), 蒂姆·伯克黑德(Tim Birkhead)著
《知更鸟知道什么》(*What the Robin Knows*), 乔恩·杨(Jon Young)著。

我喜欢学习一些具体的东西。例如，从布里吉特·斯塔奇伯里的《鸟类侦探》（*The Bird Detective*）中，我了解到世界各地的鸟儿已经根据环境改变了它们的鸣唱方式。生活在城市里的鸟儿改变了它们的“歌曲”，“以便它们的‘音符’不会被人类的背景噪音所掩盖”。鸟类调整自己的曲调，“不失时机地”使自己超越城市生活的喧嚣。当身边的环境很嘈杂的时候，一种适应它的方式就是让自己也强大起来。从奥利维娅·金泰尔的《生命列表》（*Life List*）中，我了解到了什么是“火花鸟”。火花鸟可以是勇敢的雄鹰、色彩斑斓的莺，或者是普通的麻雀，只要它能唤醒一个人，使他成为一个严肃的观鸟者。大多数观鸟回忆录都始于一只火花鸟。

火花鸟

东菲比霸鹟——约翰·詹姆斯·奥杜邦（住在美国宾夕法尼亚州的小男孩奥杜邦把银线绑在几只幼鸟的腿上，希望发现它们是否每年都回到同一个窝里。第二年春天，有两只“腿上带着小环的”鸟儿回来了——这在北美开创了给鸟儿佩戴识别环的先河。）

北扑翅䴕——罗杰·托里·彼得森（那只鸟躺在地上，“我戳了它一下，它的颜色突然鲜活了，头后部现出红色，翅膀呈金黄色。你瞧，这种看似死亡和充满活力的对比，就像复活一样。那一刻，我相信鸟类是生命最生动的反映，它让我真切意识到我们生活在这个世界。”）

橙胸林莺——菲比·施奈辛格（在美国密苏里州的树林发现的那只会唱歌的鸟，它橙色的喉部像燃烧的火焰，“几乎把我惊呆了——而且轻而易举地俘获了我的心。”）

纹胸林莺——大卫·艾伦·西布利（“我的父亲，一位鸟类学家，把这只不可思议的黑灰黄白相间的小鸟抓住了，并给它带上了识别环，这只羽翼斑斓的小珍宝……我们把它拿到外面放飞，它飞入树林，消失了。”）

北扑翅䴕——乔纳森·弗朗岑（“就在母亲去世后，我花了很多时间观察在西雅图的哥哥家附近的一只北扑翅䴕。客观地说，它是一只漂亮的小鸟，而且很有个性。那是我第一次开始有些明白为什么有人可以看着一只鸟，其他什么都不做。”）

黑白森莺——斯塔尔·萨菲尔（她六岁时发现的一只鸟，

当时她爷爷的汽车在纽约州北部抛锚了。“我知道它是什么，因为我奶奶有一份旧的奥杜邦版画。你在书上看到过这些东西，但你不认为它们真的存在。”)

我开始思考“火花书”。我突然想到，那些极其热爱读书的人一定可以找出最初点燃他们阅读热情的那一本书。我调查了几个朋友，他们无一例外地提到了童年时代读过的某个故事。

火花书

《世界冠军丹尼》——音乐家

Danny, the Champion of the World

《爱丽丝梦游仙境》——迈克尔

Alice in Wonderland

《羊没草吃了》——裕美

The Wump World

《一只会开枪的狮子》——特伦斯

Lafcadio: The Lion Who Shot Back

《小间谍哈瑞特》——吉姆和凯尔西

Harriet the Spy

《寻找活化石》——大卫

Search for a Living Fossil

《兔子共和国》——凯莉

Watership Down

《阁楼上的灯》——朱莉

A Light in the Attic

《秘密花园》——玛莎

The Secret Garden

《巴塞洛缪和欧不裂》——斯蒂芬

Barthlomew and the Oobleck

《纳尼亚传奇：狮子、女巫和魔衣柜》——信长

The Lion, the Witch and the Wardrobe

儿童文学的火花——用文字和图画呈现出来的优美故事——非常独特且起着决定性的作用。这些书光采四溢。安妮·卡森在她的书《非创造》（*Decreation*）中描述了这种特质。她写道："当我想到童年时代阅读的书籍时，它们在模糊不定的黑暗中显得遥远而微小；但同时，它们又闪耀着某种近乎超自然生命力的光芒。这种感觉是任何成人书籍无法赋予的。"

当我纵情阅读的时候，音乐家也恢复了健康，户外的空气中充盈着候鸟的鸣叫声。我每天坐在花园里，拿着彼得森

的《野外指南》和双筒望远镜，试图对比周围的活鸟和我腿上那本书中的鸟。有一天，我给音乐家发了封电子邮件，告诉他我所看到的一切。我写道："从它矮壮、红灰色的身体来看，我认为它是一只交嘴雀。"

他回信说："这绝对不是交嘴雀。时间不对。可能是家朱雀（这个季节很多），也有极小的可能是紫朱雀（虽然我对此表示怀疑）。"

那的确是一只家朱雀。鸟的魅力将我一时的愚蠢和羞耻感一扫而空。我长时间地观看着它，爱上了它玫瑰红色的羽冠和胸部，还有它热情友好的啁啾声。我感受到鸟儿在使我升华，就像红酒微醺时的飘飘然，像电梯上升时的感觉，或是就像此刻，我发现自己并非喜欢书多于喜欢现实时的快乐。我在想，它是否会成为我的火花鸟。

大约在那时，我完成了一本关于海洋的童书。那是一个关于小孩与大自然的神奇之地邂逅并建立联系的故事。它的灵感来自一次我们全家去往不列颠哥伦比亚省的家庭旅行。我们和朋友一起住在阳光海岸上的一个美丽小村庄里。我们从柔和而古老的海岸线眺望远景和远处的一个小岛。

有一天，我们坐在岩石上，看到一群海豚奇迹般地跃过海湾，我的小儿子宣布他想永远生活在这片“特定的海洋”[1]边。这一可爱的口误让我开始思考在哪里可以找到我们的宁静和有归属感的特定绿洲。我不禁想到，那应该是一个固定的地点，就像梭罗有他的瓦尔登湖，薇拉·凯瑟有内布拉斯加，安妮·迪拉德有听客溪，蕾切尔·卡森有银泉。我总是对不断迁移、四处漂泊的人有一种亲近感——那些没有地方可去和去过太多地方的人，他们（因为需要）培养出了快速迁移和适应的能力。我的朋友大多是离散的犹太人、混血儿和四处散居的人。但看到我的小儿子对海洋的反应如此强烈，我不禁自问我们到底错过了什么。

我开始怀疑，我们所缺少的是否是一个契机，去渴望深刻了解某地，而这种了解会激励你为它而奋斗。把自然看作是可有可无的——看作是他处，看作是历史中的某处，这使我们不会、或者没有机会去关心。

那本我完成的书——《特定的海洋》——讲的就是关于支撑我们生存的地方。它关于深深的喜悦或悲伤的情感联系。当你深爱着的某个特别的地方受到伤害或你失去它时，你

1　作者的儿子本来想说“Pacific Ocean”（太平洋），说成了“Specific Ocean”，意为“特定的海洋”。

会感到悲伤，并且会敞开心扉去拥抱这种悲伤。

我的一个密友因为一本关于气候变化的书而深陷痛苦之中。她后来写及一次听“伟大的农民诗人温德尔·贝瑞谈我们每个人都有比他人更多的责任去爱我们的‘家园’”的经历。演讲结束时，她向他求助。“我问他，对于像我和我的朋友这样无根的人是否有什么建议。我们仿佛住在电脑里,总是想买一个家。‘在某个地方停下来，’他回答，‘开始用一千年的时间来了解这个地方。’”

音乐家还在康复之中，所以我决定带儿子们去看鸟。四月的第三个星期，我带了些零食，带他们去了多伦多东端的阿什布里奇湾。天气有点冷，但阳光明媚。小儿子从到达的那一刻就开始抱怨，太冷、太饿、太痒、双筒望远镜太模糊。在离开停车场后的五分钟内，他就吃完了所有的零食。公园里没什么可看的。我指给他们看一只红翅黑鹂，又看到几只知更鸟跑跑停停地掠过草地。我决心要找到其他的鸟儿，但未能如愿。

小儿子最终把我们拉向了海湾，在那里他发现了一群小小的潜水鸭，有三对。我们坐下来，看着它们同步潜水、消失，又在粘稠的绿水中重新出现。

一个小时过去了，我意识到让小儿子感到无聊和厌烦的并不是鸟儿，而是我指手画脚的态度。

我发现孩子们根本不需要导游或指导。他们需要的只是我把他们带到一片美丽的栖息地，然后挥动胳膊对他们说："我想那边可能有些什么东西。"

音乐家的医生说他可以走路了。经过适量的运动，他的膝盖会愈合。所以我们计划了一个四十五分钟的活动，去城外的一片沼泽地。正值繁殖期的博氏海鸥羽毛丰满，它们洁白、美丽的身体和黑亮的头部令人惊艳。

计划赶不上变化。出发十分钟后，车就出现了问题。我们摇摇晃晃地将车停进了高速公路的紧急停车区，引擎盖下冒出了浓烟。机械师的鉴定是：油箱太满，有泄漏，（最严重的是）一个球形接头损坏。最后一点可能是导致车子突然转向偏离道路的原因。幸好轮胎没有脱落，发动机没有爆炸。我们还活着，真是太幸运了。

我受到了惊吓，于是音乐家建议去散散步，消除紧张情绪。我们还有一整个下午的时间可以去看鸟。散步后我们感觉好多了。在一个小餐馆吃了午饭后，我们在高地公园走了几圈，在那里我们看到了花哨的林鸳鸯、一只长得像雪茄的烟囱雨燕、一只翠鸟、一只大白鹭、一只夜鹭，还有一只孤独的雄性赤膀鸭，它静止的时间很长，足以让我仔细地欣赏它精致的人字形羽毛花纹。

我对音乐家的钦佩又上了一层。我现在才知道，有些人即使不擅长处理小的压力，也可能善于处理大的压力。我很高兴可以和这样一个人走在一起，一个很像我父亲的人。如果危机来临，我知道他会采取非常果断的行动。

开始下雨了。我们蹲在草地上，音乐家教我如何识别雄性北美歌雀（胸部有红棕色条纹，中间有黑点）、家麻雀（更丰满，黑围脖，灰头）和白喉带鹀（头顶有条纹，黄眉）。我发现，下雨的时候，鸟儿会从天空回到地面，下雨的时候，你能深刻地感到你活着，感觉雨水从阴凉变得清新起来。我们分开后，音乐家还留在公园里，他找到了三只棕顶雀鸦——最小的雀鸟。他后来写邮件给我："它们很可爱，跳来跳去的，我想靠近它们，我希望它们感到安全。我说：'多开心的一天呀！你只能有一次生命，尽情地跳跃吧。'于是我躺在湿漉漉的草地上，果然，那些小可爱靠近了我，真是愉快的时光。"

那天晚上，我爬进我的书窝里，躺在床上读书，感受着尚未褪去的感动。阅读让我感到舒适和清净。在阅读中我找到了平和。真正的生存艺术存在于不止一个领域，既存在于实体世界，也在微妙之处。

书的世界和现实世界并不对立。知识并非激情的对立面。丰富的知识并不会扼杀天真的热情火花。好书不会令快乐消亡。那些你说得越发自信娴熟的科学词汇，那些你开始自己创造的科技词汇，都有可能成为激情的导线。所有知识的边缘都另有一片旷野。

*在离开人世之前学点什么。*离开人世的那一刻明白，自己不懂的东西还很多。

5月

蹒跚

家朱雀、纹胸林莺、黑腹滨鹬
和中杓鹬

关于鸟类与人类的脆弱，
尤其当我们的生存地的情况变化莫测时。

五月，我发现小儿子在吃书。他舔书的封面，然后把书页撕下来吃掉。我发现这个新习惯是因为有一天晚上他说感到恶心，然后吐出了一张蓝色的纸，是《史努比漫画全集：1963—1964》中的一页。在我制定了不准吃书的规定之后，他立即遵守了，并重新开始阅读它们。

如果这种吃书的行为没有任何来由，我可能会感到更惊慌，但当时我八岁的儿子是一个烦躁不安的男孩——他喜欢吮吸拇指，偶尔失眠，容易胃痛——比一般的孩子更容易感到紧张。为了释放压力，有时候他会疯狂地投入画漫画、跳舞之类的事情，有时候他却会做一些奇怪的事情。

在某一段特别奇怪的时期，因为在学校面临着新的社交压力，回家后他会绕着房子急速奔跑，仿佛被一阵大风刮来刮去，并宣称他——彻底——受够了！

我学会了不过分在意这些阶段性行为，尽量不放在心上，尽管我确实觉得从基因方面来看我有一定的责任。我是一个容易焦虑的人，容易被恐慌和忧虑的情绪所牵动。这个也是有家族史的。我的家族里不乏喜欢咬指甲的人、磨牙的人、喜欢撕纸的人……我怀疑在古老的茅草屋和漏风的农舍里生活的祖先中，可能会有一些喜欢吃书的人。

我明白，儿子需要找到一些方法来释放他上学以来一直在加深的挫败感。当他的情绪就像凌乱的收音机信号一样乱跳时，我学会了深呼吸。兴奋、恼火、暴燥、敏感、倔强、小题大做。我叫他“小混乱”，暗示他的脾气变化对我心情的影响很大。

五月，早已入春，天气却迟迟未暖。在第一个回暖的日子里，我和小儿子坐在前院的长椅上，观赏家朱雀。平日里安静的街上有不少行人——正在用手机打电话的女人，手臂上还挂着布袋；在废弃的床垫周围闲逛的人；还有一对夫妇，手中拿着从路那头的草坪拍卖活动上买的旧书和旧黑胶唱片。

家朱雀高高地落在我们的樱桃树上，装点着树枝，唱着悠扬、婉转的曲调。我和儿子讨论着他对新自行车的矛盾情绪，特别是他总觉得自己会从自行车上摔下来。我努力向他解释，虽然我理解他的担忧，但我不愿意看到他害怕一件本可以给他带来快乐的东西。

当我们坐在那里的时候，家朱雀开始慢慢飞下来了。它们轻快地从一根树枝跳到另一根，在离我们仅几英尺远的悬挂投食器旁边聚集起来。我可以感觉到它们那小小心脏的跳动，和终于卸下防备时因快乐和饥饿产生的紧张躁动。

儿子被迷住了，在座位上慢慢向前挪动，向鸟儿靠近。

五月的时候，我还没有读过朱利安·巴恩斯的《生活的测量》，但我在十月份读了，它让我想起儿子对跌倒的恐惧。

我们生活在平地上，平面之上，然而，正因为如此，我们渴望飞翔。作为陆地动物的我们有时可以达到神的高度：有人因为艺术或宗教而振翅高飞；但多数是因为爱。但当我们飞向高空时，也有可能会坠毁，鲜有软着陆的情况……每一个爱情故事都有可能成为一个悲伤的故事。

当我读到这些时，我想：是的，这就是问题的关键所在。巴恩斯对生活中不可避免的起起落落，对那些在实质上或情感上让我们高飞（热气球、爱）或下坠的事物（亲人的死亡）做了很多的沉思冥想。在他优美的思考中，我发现了儿子懊恼的根本原因。“每一个爱情故事都有可能成为一个悲伤的故事。”

所有的努力最终都可能导致痛苦。有起必有落，有始必有终。儿子的（也可以说是我自己的）犹豫不决是一种广阔的远见和悲观的倾向结合之下的产物，是完美主义者的品质和匮乏感的结合。这就是为什么我们的灵魂无法更自由。

儿子已经想象出了一旦他坐上自行车座椅就会发生的事情，并且试图保护自己免受可能经历的痛苦和侮辱，即使这意味着失去一些乐趣。而且，他还是一个最近刚跌倒了两次的男孩，无缘无故地，只是站在地面上（“在平地上，平面之上”），这使他不得不考虑，一个人是否真的能够控制住自己。

巴恩斯说：“如果在平地上并没有使你免受痛苦，也许待在云端更好。”

如果意外和危险因素仍然会让他摔倒，那么谨慎的灵魂又有什么用呢？如果说生活中根本没有一条安全的道路呢？如果不做某事的痛苦大于做这件事的痛苦怎么办？

这是一个关于自行车和生活的两难窘境。

五月，我的小儿子正在做出选择，选择成为什么样的男孩。

那个春天，小区里到处是大胆的行为：骑自行车的人不用手扶车把；孩子们在我们家附近的荒地上玩得很凶。一个男孩跑着翻了个筋斗。看到这个，我丈夫做了个鬼脸，转身走了。在足球和拳击等体育项目中出现一些让人捏把汗的小失误是意料之中的，甚至会受到欢迎。但有些运动是以完美为目标的。我的丈夫无法容忍后者。他不喜欢看奥运会。一点也不。只要看到体操运动员跳上鞍马，或者十米跳台上的跳水运动员，或者一个准备做三周半跳跃的花样滑冰运动员，他就会离开房间。

“你怎么能忍受这个？”他问道。

看到别人因失望而痛苦或有可能受伤都会让他备受煎熬。他无法忍受众人等待错误发生的注视。由于类似的原因，听到歌剧演员发挥不稳定也会让他感到不安。歌剧是精确的艺术，是完美而神圣的声音。尽管他非常喜欢玛丽亚·卡拉斯[1]，但有时她的声音不稳定会令他难以忍受，她看起来几乎要失控了，这太危险了。

美国视频艺术家比尔·维奥拉曾将“跌倒”或“蹒跚”视作艺术创作的最佳状态。概念艺术大师约翰·巴尔代萨里说：“失败成就艺术。”一些艺术家以明知风险仍努力奋斗为荣。塞缪尔·贝克特说：“尝试过，失败过，不要紧。再次尝试，再次失败。在失败中进步。”荷兰概念艺术家巴斯·简·阿德尔说：“一切都在下落。”

1　希腊裔美国女高音歌唱家，20 世纪最具影响力的歌剧演员之一。

阿德尔是一位了解坠落的大师。他拍过自己从自家屋顶落下、落入运河、从树上掉下来等等情形。他捕捉自己一脚踏空、无能为力、面临重力，以及因错误的努力而失败的种种瞬间。在一个特别辛酸的作品里，他拍摄了一组自己站在松树林前的照片，他先是站着，然后跟一些被砍倒的树木一起倒下，脸朝下。

五月的一个晚上，在想着“下坠”的时候，我偶然在YouTube上发现了皮娜·鲍什的一段有趣而忧郁的舞蹈。在表演（《1980——皮娜·鲍什作品》）刚开始，一名女舞者绕着圈在舞台上跳跃着，手中挥舞着白色的手帕。“我累——了，我累——了。”她轻快地吟唱着，合着背景中勃拉姆斯的摇篮曲。一圈又一圈，她跳着，直到她开始真的感到疲惫了。她的歌声开始变得断断续续，舞步也逐渐笨拙起来。她的手臂颤抖着将手帕举到空中。

在既是人生伴侣又是最亲密的合作伙伴罗夫·玻济克死于白血病后不久，鲍什创作了这部作品。

有时我们步履蹒跚并非因为脚下的大地不稳，而是因为不停前进、不断努力，一直持续同样的行为是一件很累的事情。

此刻坚强，下一刻却变得脆弱。我们踉跄前行，是因为我们还活着；如果运气好，我们又会恢复。

有一次，我目睹了一场凶残的风暴，两棵百年老树被当场连根拔起。第二天，在断枝残叶中漫步时，我发现了几个脆弱的鸟巢竟然完好无损地躺在地上。这种以小胜大，这种命运的逆转，真实地发生在我们身边——这正是让我百思不得其解的地方。

我不知道这意味着什么。

——玛丽·鲁弗，《疯狂、架子和蜂蜜：讲座集》（*Madness, Rack, Honey: Collected Lectures*）[1]

五月，一波波候鸟穿越城市峡谷、公园和后院。一天早餐后，我和儿子们在丁香树上看到了一只精美娇弱的纹胸林莺。我们挤在阳台门边，看着那只小鸟，它有着黄底黑条纹的胸部。我猜想它应该只有一支记号笔那么重。

那只鸟可能来自中美洲，途经多伦多休息和补充体力，再飞往加拿大北部的繁殖地。它可能已经不停地飞行了六十个小时。我想象它拍动着短短的翅膀，叽叽喳喳地唱着“我累——了，我累——了”，想象其他所有的鸣禽——据说

1 Wave Books 出版社 2012 年版。——编者注

有五千万只鸣禽在春季迁徙时会穿越多伦多——都在唱着“我累——了，我累——了”。我们可以从来自遥远的阿根廷草原和亚马逊丛林的鸟儿的勃勃生机中学到一些东西，它们从南方即将消失的森林家园飞往同样受到威胁的北方森林。我想知道如何才能成为一只无所畏惧的候鸟，如何才能维持这长久的坚韧。

夜复一夜，一队队鸣禽仿佛一条条看不见的溪流，淌过黑夜的天空。有时候，它们飞得很近，近得可以透过打开的窗户听到它们的叫声。

在看到那只纹胸林莺后几天，我陪父亲在深夜做了一次核磁共振检查，监测他的脑动脉瘤。这是自他上次从医院出逃后第一次回到医院。我向他保证这只是一次简短的检查。他仍然站不太稳，动作略显迟疑，但比之前要好一些了。长达一小时的检查过程中，我坐在安静的候诊室里。一个大型的壁挂式电视机播放着新闻。加拿大首位国际空间站指令长克里斯·哈德菲尔德在轨道上工作了将近五个月后刚刚返回。在三顶降落伞的帮助下航天器降低速度，缓缓降落在哈萨克斯坦中南部的平坦大草原上。

我听到有人叫了我的名字，于是环顾四周，看到八十四岁的父亲向我走来，跌跌撞撞好像走在倾斜的船的甲板上。

核磁共振检查做完了，他的脸色十分苍白，说左膝盖后面有刺痛感。从他的眼中我看得出他非常痛苦。我带他下了两层楼，来到了急诊处。“反正我们已经在这里了。”我假装冷静地说。

护士带我们去了分诊处。我的父亲，白发苍苍、长着鹰钩鼻，虚弱地坐在另一台电视机下面的躺椅上。电视上，前额微秃、留着标志性小胡子的克里斯·哈德菲尔德也坐在躺椅上。哈德菲尔德正在接受重回重力环境后的初步体检。医生将检测血压的袖带套到父亲的胳膊上，与此同时，电视上的医生也在往哈德菲尔德的手臂上套袖带。

父亲的反射活动很弱，但他脚下的脉搏很强。疼痛已经开始消退，他的脸看起来不再那么痛苦了。医生向我们保证父亲会没事的。

“那眩晕呢？”我问道。

“随着时间的推移，可能会好起来。”医生说着，目光转向了别处。父亲将这话理解成他在以无穷慢的速度康复，一个关于恢复健康的缥缈承诺。

当我帮助父亲站立起来时，我真切地感受到了他的蹒跚。

我感受到他的身体摇摇欲坠，他的自理力和尊严也在摇摇欲坠。因无法保持身体平衡而带来的不安定感使他颤抖，他无法再去追逐生活，无法再驾驭滚滚前进的生命之轮，这一切令他颤抖。

珍妮·迪斯基写道，有一种方法令你知道自己已经明确地进入了风烛残年，那就是，一向充满同情心的医生竟告诉你已经没有什么可做的了，就是"'你必须习惯它'……你几乎可以看到他的耸肩，暗示着你已经不再年轻，不适合让那些资源匮乏的医疗机构煞费苦心地帮你恢复健康。其他病人更有优先权，因为他们更年轻。"

反复发作的头晕？耸肩。神经疼痛？耸肩。慢性腿部麻木？耸肩。没有什么可做的了。也没有什么值得做的了。我们看着那个医生离开，心中充满悲伤，那种感觉就像是你特意前去观看魔术表演，魔术师却没有表演你想看的就鞠躬谢幕了。我们已经不再期待有什么快速疗法，也不再有什么康复的幻想了。

我们先走向停车场。走到路边时，需要先穿过马路才能到我的车边。我的父亲——一位曾经漫游过世界、跳跃过弹坑、走过丛林小径、翻越过高山的前战地记者，停下来考虑怎么才能走到马路对面。

夜晚的街道安静祥和。我们开车经过了几个慢跑的人和一些在酒吧外面抽烟的大学生。我们停下来买了一些牛奶和面包，只做一些常做的事。我感觉父亲还不想让我把他带回家，所以我们就坐在车里，简简单单地享受着在一起的放松时刻。

克里斯·哈德菲尔德在回顾他的太空之旅时说："谁会曾想到，离开地球五个月竟会让你感觉与人类更亲近了？"

我陪着父亲经历了很多次急诊，其中至少有五次他在死亡边缘徘徊，而每次我们离开医院的时候，都像是再次着陆。

坐在车里的时候，我回想起了去年因为白内障手术带父亲去看医生时的情景。那次见面约在一个老旧的医疗大楼里，当我回来接他的时候，我选择了两步一跨地上楼梯，而不是等待那个缓慢的、摇摇晃晃的电梯。结果走楼梯却花了三倍的时间，因为半路上我被一对年迈的希腊夫妇堵在了狭窄的楼梯上。他们非常担心对方，所以紧握着彼此的手，慢慢地爬着楼梯，脚上穿着闪闪发亮的黑色锐步运动鞋。他们穿着情侣鞋、互相帮助的样子让我十分感动，但那不是最令人动容的部分。真正感动我的是他们一直笑着爬到了楼顶。每一步都很艰难，让他们疲惫不堪，但他们哼哧着，又大笑着，直到我也跟着笑了起来。我们大笑着，仿佛年老体衰是世界上最大的恶作剧。

也是那个五月，一天深夜，我听到卧室外面的树上传来一阵悲伤的咕咕声，接着是一阵翅膀划过的刺耳的啸声。那只哀伤的鸽子离去后，我试着去听其他可能在头顶飞过的鸟类的声音，它们在黑暗中用呼唤声保持联系，以便保持正确的飞行线路。

我曾在某处读到过，高达百分之五十的候鸟会在旅途中死亡。他们会遭遇极端天气、天敌或人为的障碍。它们利用地球的磁场导航从南方出发，却可能偏离迁徙的路径。它们飞越大片的水域或一望无垠的干旱之地，顶着狂风和暴风雨飞行到精疲力竭，最终跌落。迁徙需要消耗大量的能量。在由南往北的迁徙之旅中，许多候鸟可能会损失四分之一到二分之一的体重。

那些历尽艰辛成功飞越了大部分路程的鸟会进入充满危险的城市。它们耗费宝贵的精力和时间试图在高楼大厦的迷宫中找到方向，却往往没有力气继续飞行——可能撞上窗户和反光的建筑物，被明亮的灯光弄得晕头转向，因为它们误以为那是星座。

在多伦多，和其他城市一样，志愿者每天都要在黎明前的黑暗中仔细搜寻商业区的地面。他们带着纸袋和捕蝶网，以保护受伤的小鸟免遭即将逼近的行人的踩踏，或者，更常见的是收拾小鸟的尸体。

这些志愿者来自一个名为“致命之光警惕计划”（Fatal Light Awareness Program，简称 FLAP）的组织，他们和建筑业主合作，旨在减少玻璃和灯光对候鸟造成的威胁。那年春天，我带着儿子去皇家安大略博物馆看过他们一年一度的单日展览。在长达数小时的展览中，在多伦多天空中遇难的成千上万只鸟的尸体被铺排在圆形大厅的地板上。有小型鸟，也有大型鸟——九十一种不同的鸟类，它们的尸体被巧妙地排成伤感而美丽的曼荼罗形状。我想象着它们飞向玻璃，撞晕过去，然后像石头一样落到人行道上的情形。

正值三月春假，博物馆里孩子很多，FLAP 的临时展览有着不言自明的能力。他们没有提供任何解释性文字，也没有发表任何演讲。唯一帮助阐释的是站在展品隔离栏后方的两名儿童志愿者。其中一个戴着乳胶手套的九岁男孩表情严肃，拿着一只库氏鹰向我们走来。他允许我们小心翼翼地传看这只瘦长的小鸟。它柔软而寒冷。它的重量让我感到吃惊，但我之后想起来了，这是一只可以吞噬鸽子的鸟。男孩走了，接着又带着一只很轻的戴菊鸟回来，地上的展陈图形中缺了一个小洞。我们想拿一拿纹胸林莺，但男孩摇了摇头说："不，今天已经够了。"

男孩轻轻地将戴菊鸟放回原处，然后走回他的岗位。空气中有微弱的解冻尸体的气味。再过一个多小时，FLAP 将撤下展览了。这些鸟将被收集，分类装进透明的塑料标本袋里。

五月，音乐家邀请我参加在米米科[1]塞缪尔·史密斯上校公园举行的一年一度"中杓鹬观赏"。长着长长的弯喙和锥形翅膀的中杓鹬来自巴西沿岸，每年 5 月 22 日至 29 日之间，遵从古老的本能，飞越西端的公园，到加拿大北部觅食和繁殖。这被认为是鸟类世界中最壮观的迁徙活动之一。自 2009 年以来，志愿者公民科学工作组就已经投入绘制这种大型长腿涉禽的迁徙动态和阶段模式，而在过去的二十年里，它们的数量已经下降了百分之五十。

当我们到达时，湖边一座灌木丛生的小山上已经聚集了十几个前来为中杓鹬计数的人。这些人从黎明时分起就坐着、等着、观察着，他们当中有拿着长镜头的退休校长，也有

---

1 Mimic：加拿大安大略省多伦多市的一个街区，位于多伦多西南部地区安大略湖畔。

拿着高清观测镜的前西尔斯百货目录摄影师，还有一对配备了 2500 美元施华洛世奇双筒望远镜的夫妇。

这些人收到的消息说，前一天晚上，有 751 只中杓鹬离开了它们在弗吉尼亚沿海沼泽的越冬地。

我们在冷风嗖嗖的荒地上挤成一团，空气中飘荡着一缕淡淡的猫薄荷味。太阳低垂在地平线上，给整个世界镀上了一层甜蜜的暗橙色光芒，连岩石也覆上一层琥珀色的光晕。暮色渐渐变沉，风也渐渐停歇，四处都飞散起各种小虫。

我们一次次抬起头来，然后，又低头看到十只黑喙的黑腹滨鹬蹚着水离开岩石。这些长着黑色条纹的红褐色小鸟跟着潮水进进退退，当波浪涌来时，它们向后退缩，在潮水退去时又向前冲去。音乐家拍照时我画了一些素描。时不时的，这些滨鹬会惊慌失措地在水面上方盘旋着向下俯冲。我喜欢它们为掉队的鸟放慢速度的方式，它们会聚拢成紧凑的队形，然后又远远地散开。

突然，身后有一个声音喊道："它们来了！"我们匆匆回到原来的位置，空中充满了此起彼伏的鸟鸣声。我看到一团摇摇晃晃的模糊形状变成了一片快速移动的黑云，一大群中杓鹬飞过了我们的头顶。它们锥形的翅膀不停地扇动着，是如此竭尽全力。它们太近了，我无法全部看清，但我可以感觉到它们翅膀的拍动声在我胸中产生的共鸣。

几分钟后，阿尔伯特，一个和善的胡子男宣布了最后的计数：215—— 一个还算健康的数量。然而，我现在已经知道安全地飞越半个地球几乎是不可能的，我忍不住在淡蓝色的暮光中想着另外 536 只没有抵达的鸟。

美国奥杜邦鸟类协会列出了自 1967 年以来数量下降的二十种最常见鸟类，名单如下：

1. 山齿鹑
2. 黄昏锡嘴雀
3. 针尾鸭
4. 斑背潜鸭
5. 北山雀
6. 东草地鹨
7. 普通燕鸥
8. 呆头伯劳
9. 田雀鹀
10. 黄胸草鹀
11. 雪鹀
12. 黑喉漠鹀

13. 鹦雀鸦

14. 普通拟八哥

15. 美洲麻鳽

16. 棕煌蜂鸟

17. 三声夜鹰

18. 角百灵

19. 小蓝鹭

20. 披肩榛鸡

五月，我听到很多观鸟者说，今年是三十年来最糟糕的一次春季迁徙。数字明显偏低。天气骤冷骤热。这是正常的波动吗？还是只是一个不好的时节？还是一个更可怕的预兆？没有人知道。

有些衰减是自然的，不可避免；有些则不是。鸟类正常的脆弱（它们正常的生命终结和迁徙途中的损失）与受到威胁的生态圈带来的灾难性衰减之间是存在区别的。

森林砍伐、栖息地丧失、捕猎、杀虫剂的使用、城市化、掠食性宠物和气候变化……候鸟数量的衰减说明自然已经失衡。温度上升、入春提早、冰架融化、海平面上升、旱季雨季时间变化、热浪恶化、极端降雨量以及海洋酸化。在平常时候，迁徙对于候鸟来说是值得的。但是在这个非常时代呢？

“变化的基准线”（shifting baseline）一词描述了生态系统中缓慢的、几乎察觉不到的变化。渔业生物学家丹尼尔·保利在1995年首次使用这个术语来解释生态标准是如何被一步步降低到人类曾经无法容忍的程度。在保利看来，野生动物情况的恶化是由集体健忘所致。我们漏洞百出的记忆和相对较短的寿命使我们成为不可靠的证人。我们无法真正知晓自然界在多大的程度上已经被我们的行为所改变和毁坏，因为一代又一代的基准线变化已使我们变得盲目。我们的标准几乎不被察觉地降低了。今天我们认为可能是原始的自然只是曾经存在的那个自然的影子。我们似乎无法记住过去的状况。

同样的，当我和音乐家站在多伦多米米科村的那座山上观看着暮色天空中划过的中杓鹬飞行队伍时，我正在见证的是一个未来几代人可能再也享受不到的、甚至都不知道自己错过了的景象。中杓鹬目前尚不是一种“受到关注的物种”，这意味着它的数量仍然相当充足，但我无法预测基准线将如何变化，而未来的人们又会接受怎样的标准。

中杓鹬将会消失并不是无法想象的，因为在116年前，这种无法想象的事情已经发生过一次：另一种曾被认为数量相当可观的物种——旅鸽——就从米米科的天空消失了。

在二十世纪初以前，迁徙的旅鸽群为数众多，后来，过度捕猎和栖息地丧失使其灭绝。在多伦多，鸽群在飞越湖面之前曾常常聚集在米米科溪河岸边。（“米米科”一词源于密西沙加语 omi imi ikaa，意思是“野鸽的聚集地”或者“野鸽众多的地方”。）

据说在十九世纪六十年代，旅鸽数量如此庞大（一群数以百万计的旅鸽要花十四个小时才能从附近的尼亚加拉湖滨小镇上飞过），甚至可以一枪同时击落十几只鸟。但是五十年后，它们就消失了。

1900 年，有人发现五只旅鸽飞越多伦多岛。1914 年 9 月 1 日，世界上最后一只旅鸽——一只名叫玛莎的人工饲养旅鸽在辛辛那提动物园死亡。

相关新闻报导后，有人声称目击到“幽灵鸟”，有人激烈地否认旅鸽灭绝。怎么会这样？数量如此庞大的物种怎么会消失？如此强大的生命力怎会变得如此脆弱？

任何一种生命形式消失的故事都是一场悲剧，但是旅鸽的消失在人类历史上，其规模是绝无仅有的。这个警示性的故事是世事无常的极速体现，它提醒我们大自然并不是无限的。

1914 年还有什么东西从地球上消失了？

又有什么进入了这个世界？锥形交通标、巴拿马运河、安全玻璃、世界大战。

有些损失是不可挽回的。还是可以挽回？当我写下这些时，科学家正与一个名为“复苏重生（Revive & Restore）”的美国非盈利组织合作，试图复活已灭绝物种。通过名为“去灭绝”的过程，采用来自博物馆标本的 DNA，一个斑尾鸽胚胎可以被转换成旅鸽胚胎。“去灭绝”的支持者说，物种复兴为人类提供了一个救赎的机会。通过重新创造因人类灭绝的物种，我们有机会纠正历史的错误。旅鸽可能会再次覆盖天空——一个不朽的景象，而我们所失去的，以及这种“失去”给世界带来的警示，都将被撤销。

人类历史是一部无视自然界警告的历史。我们否认事实、讨价还价。我们调整基准线。我们重置记忆。我们实践基因魔法和疯狂的科学。我们改造身体、篡改土地结构。我们否认死亡和衰败。我们一次次重写极限，用工程技术和知识来弥补我们的脆弱性。我们忽视身体和地球所传递的反馈和信息。

尽管在我心中有一部分认同复活旅鸽或创造类似复制品的做法，但我对一个没有任何限制的世界保持警惕，警惕一个人类感觉无所不能的世界，在这个世界里，发明的欢乐与狂妄淹没了对改变人类做法的呼吁。

当我们再次感到强大时，还能否记得我们的脆弱？能否同时感受到身体的脆弱和能力，以及在欢乐中仍未消逝的悲伤？经历过极端事件（无论是意外事故，还是生病或亲人死亡）的人，常常惊奇地发现生活恢复正常的速度如此之快，世界风卷残云般把我们拉回常态，仿佛没有什么特别的事情发生过。

我不想在我变成了一个干瘪老太太的时候，只能跟孙子们回忆曾经飞过天空的中杓鹬。

有些时候，我们应该承认，在某些时刻和领域，事情就是会出错，生命就是会触及极限的壁垒。有些时候，我们就是应该以蹒跚的脚步前行，因为这是一个脆弱的世界，即使我们努力以技术发展进步的名义来压制这种意识，也只是使之变得更加脆弱。没有逆境、失败和脆弱，就没有生命。有些时候，要解决一个八岁男孩的忧虑和不适也不是那么容易的。有些时候，疾病就是无法完全康复的。

五月底，夜空中迁徙的候鸟越来越少了。一天晚上，小儿子从梦中醒来，爬到我们的床上，疲惫不堪却兴奋不已。他梦见自己在一个巨大的树秋千上摇摆，越来越高，完全没有醒着时恐高的感觉。

“感觉就像在飞行一样。”他说，指着自己的胸口，幻想中飞升的感觉还在。

“你摔了吗？”我问。

“没有。”

“你跳了吗？”

“没有。”他说，犹豫了片刻，“但下次梦到的话我想我会跳一下。”

我无法判断那是不是他的真心话，他是不是觉得自己很勇敢，或者他认为我可能希望有一个勇敢的儿子。但那并不重要。这是一个好梦。

以后我会告诉他：我们的勇气以不同的方式出现。我们在大胆的梦中很勇敢，但在犹豫时也一样勇敢。即使有时狂跳的心在说“你会摔倒，并且会摔得很惨”，我们仍然愿意继续，这就是一种勇敢。面对自己的第一百次错误，我们的勇气在于包容自己。日复一日，我们的勇气在于坚持之中。

Summer

夏

6/7月

间歇

金翅雀
和赤颈鹛鹛

关于平静的和可怕的间歇，
以及在面对孤独和无所事事时的普遍困境。

暴风雨来临前的淡紫色天空下，是锈绿色的水面。我们坐在一条散步道边，一个鸟巢漂浮在距离我们大约六英尺远处的水面上。这是在亨伯湾公园，有一对黑冠的赤颈鸊鷉筑了那个巢，最近还孵出了三只雏鸟。鸟妈妈如女王般坐在她那并不整洁的宝座上，有着斑马条纹的宝宝们骑在她的背上。鸟爸爸在池塘抓小鱼，一会儿扎进水里，一会儿又浮出水面。每当他带着食物回家时，三张小嘴就在空中一张一合地嗷嗷待哺。鸟爸爸和鸟妈妈轮流蹲在巢里孵剩下的蛋，或是与雏鸟一起短暂地游水。

鸟巢坚固但凌乱，由小树枝、芦苇和水草堆成，还夹杂着一个塑料购物袋和一个旧冰淇淋盒子。像大多数现代住宅一样，它也还在施工当中。鸟妈妈时不时地给鸟爸爸提供一些新的杂草，鸟爸爸则用这些材料改善家居状况，不过成品看起来有些马虎。

与我们一起在散步道边观看的摄影师们焦虑地看着云层。不安的气氛在人群中弥散开来。音乐家四处走动，调整着相机的角度，他刚吃了很多糖，充满活力，干劲十足。

接着，远处传来了轰隆隆的雷声，得赶紧躲雨了。我们跑出公园，途中停了一会儿，去看一只橙腹拟鹂的巢穴和一只就栖息在几英尺远的树枝上的金翅雀。在暴风雨就要来临的炭蓝色天空背景下，它闪耀着一种超自然的黄色光芒，充满诱惑，拍摄出来一定美极了！我看到音乐家犹豫了一下，摸了摸相机包。

我们终于冲到了屋檐下，就在那一刻，天空仿佛爆裂了一般，暴雨倾盆而下。

第二天我再回去的时候，另一只鸊鷉已经孵化出来了，几只雏鸟紧随其后。我们看着这些鸟宝宝像闹剧演员一样到处瞎撞，连滚带爬地上了鸟妈妈的背。

那天晚上，我的两个儿子开始研究鸊鷉。小儿子列举了一些基本情况——水鸟、善于潜水、精巧复杂的求偶行为、响亮的求偶鸣叫——然后他停了下来。“哦，这个厉害了！”他说，“这里说化石记录显示，鹦鹉在恐龙时代就已经存在了！”

在接下来的安静中，我相信我们每个人都在想象着鹦鹉和三角龙见面的不同版本。我脑海中的画面里满是巨型动物和繁茂丰盛的古老沼泽地。在那一刹那，所有现代化的基础设施都消失了，我仿佛隐约看到J. B. 麦金农在他迷人的书《永恒的世界》中称之为“林下世界”的地方——暗示着“在城市之前存在的地方”。

儿子们想象中的场景可能更野蛮残暴，不那么平和，但我觉得我们都认同的一点是，这些笨拙的、刚刚孵化出来的朋友似乎突然间有意思多了。鹦鹉把我们与七千万年前的生态史联系起来了。它们在漫长的时间中一代代蓬勃发展，它们是早已消亡的世界留下的美丽遗孤。我在想，还有什么能比鹦鹉更无敌？

但有时候想法会随着降雨而改变。这一次，我不是指一般的雨，而是破纪录的雨，是一个正在变暖的星球上下的雨。2013 年 7 月 8 日，多伦多，在不到两小时的时间里，降雨量就达到了 126 毫米。（供比较：多伦多七月全月平均降雨量仅为 74 毫米。之前的最高历史纪录是 1954 年的 121.4 毫米）。雨水排山倒海地倾泻而下。山洪暴发，汽车漂浮，铁路交通瘫痪，数万家庭断电。

“这的确可能是多伦多历史上降雨量最大的时刻。”加拿大环境部高级气候学家告诉媒体。“多伦多没有什么基础设施可以应对这样的情况……你只能接受你将被淹没的事实。”

我从卧室里看到和听到了外面的风暴：树枝啪啪地打在窗户上；风呼呼地嚎叫着；警笛突然响起，冲向西端的火灾现场。

我为鹮鹛感到担忧，不再相信它们的无敌和史前的坚强。我写邮件给音乐家，问他是怎么想的。他回复说：“我认为它们会躲在巢里熬过去，它们很顽强。也可能它们已经藏在芦苇丛中了，谁知道呢？”

第二天，街道和人行道看起来不一样了，好像被雨刮器刮过一样干净。位于峡谷附近的一个当地的遛狗公园变成了一个湖泊。朋友所住的大街上出现了一个巨大的水坑。我本想去看看鹮鹛，但突然忙得不可开交。我和丈夫在压力和愤懑中强压怒火。最后，在一场愚蠢的争吵过后，我们驱车前往查看鹘鹛。

傍晚的天空仍然是一片鲜蓝色。音乐家与其他十来个人一起零零散散地站在步道上。内湾的水比平时高出约六英尺，但是那个鸟巢——虽然已经被水泡过，而且有些歪斜了——仍然坚挺，足以支撑一个家庭。看着小鸟们自己游来游去，我顿时感到放心了，有一种心满意足的快乐。

在这个没有一丝风的宁静夜晚，回到一群爱鸟的怪人身边，沉浸在他们伫立和凝视鸟儿的氛围中，我感到很安心。在这个离家仅二十分钟的缓慢世界里，我和丈夫忘了刚才一直在争吵的一切。没有什么需要证明，无可失，亦无可为。在这里，远离脚手架、时间表，远离令人精疲力竭的压力，这里，正是生活的“林下世界”。

夜幕降临，而我们正站在一个以莫霍克语[1]tkaronto一词命名的城市边缘，意为“水中生木之地”。于是我试图想象整片地区被山杨和白杨林所覆盖的样子。接着，我又追溯得更远一些，想象12500年前海岸线存在的样子，应该就

1 Mohawk：一种濒临灭绝的北美原住民语言，目前约有3500名莫霍克人使用这一语言，他们主要居住在加拿大境内。

在我们现在所在位置的北边。我想象我们被淹没在冰川期的湖水之中。

两个星期后，盛夏时节，我和儿子们再次拜访了那些鹡鸰。我们惊讶地发现，它们已经长成了笨拙的、半大不大的鸟儿，看上去脏兮兮、毛绒绒的，虽然头上仍然有奇怪的斑马纹，但令人难以置信的是，它们已经几乎长成了成年鸟的大小。作为一个十二岁孩子的母亲，我一眼就认出了这种半大孩子的混乱状况。那个倾斜的、破烂不堪的巢穴看起来好像要沉了，这一幕也很眼熟。

我被那些笨拙的鹡鸰迷住了，并没有注意到鸟儿的节奏在变慢，是音乐家提醒了我："我们已经进入了夏季的沉寂。"随着春季迁徙的结束，候鸟都已北上繁殖，较为安静的季节到来了。我们也到达了观鸟之旅的中点，开始了中场休息。

最后一次看完鹡鸰回家后，我想，大多数人面对休息期的做法是试图用各种东西来填满它，让自己显得忙碌。

想到这里，我便花了数小时上网浏览。我阅读了一些关于打造耐受气候灾难的城市的文章，还下载了非洲安比拉琴的音乐，因为有朋友说这种音乐适合写作的时候听。此外，我还观看了音乐家推荐的音乐纪录片《寻找小糖人》。

我告诉自己我在做研究，而好的研究是有些混乱的。主题不断变换。我了解了一下约翰·詹姆斯·奥杜邦，浏览了格蕾斯·佩蕾和后皮诺切特时代的智利作家，并在易集[1]上为一位朋友购买了一条项链，然后又给母亲买了一条复古的“三宅褶皱”牌围巾，给自己买了一条“mizuirovind”牌直筒连衣裙。我看了喜剧演员路易·C.K.的深夜秀访谈片段，他在里面说出了那句著名的“一切令人惊叹，却没一个人高兴”。他强烈反对手机和人们之间无休止的联系：“你需要培养一种能力去单纯地做自己，而不是做某件事。手机正在使我们丧失这种能力，这种能够安于坐在那里无所事事的能力。那才是作为一个人应有的状态。因为在你生命中的每一件事物都建立在它之上，那就是空虚，永远的空虚。”

因为我的“研究”充满活力但毫无用处，所以在一天结束时我没有任何收获。我以为我是在对抗空虚，但其实我只

1 Etsy：手工艺品交易网站。

是改变了它的外在形式。

我已记不清问了自己这个问题多久：你如何在没有活动的情况下找到平和？至今，我还没有找到一个令人满意的答案，尽管我已经以各种老套的方式寻求答案：不良的关系、盲目的消费主义、旅游、瑜伽、过度运动、心理治疗、在家榨果汁、无节制地看电视、针织、宴席，甚至通过创意实践。我已经认识到，间歇不仅仅是一个职业问题，也是一个情感、智力和存在感的问题。如果我能找到答案，就不会用那样宿命论的观点来看待间歇期、失业或冬歇期、闲暇时刻。我也许能对自己不那么严厉，也不会有那么焦虑的行为。也许我能获得禅之宁静，能带着疑惑和痛苦的空虚感静坐冥想，去感受宇宙的寂静和无限，而不会坐立不安。

伊芙·赛吉维克[1]在癌症治疗后接受抑郁症治疗时幡然醒悟。她告诉她的治疗师：“我终于明白了，当我向你或任何人抱怨一件事情时，当我告诉你它有多糟糕，或是我为此付出了多少努力、经历了多少痛苦时，其实我只想听到

1 Eve Sedgwick：性别研究领域的美国学者。

一句话。那就是‘够了，你现在可以停下来了。’”

坐在办公桌前，看着我的猫，它舒适地躺在地板上，享受一片长方形的阳光。它开心地什么都没看，因为没有什么可看的。它看起来不会担心没事可干或是无话可说；也不会害怕如果自己停止运动墙壁就会倒塌，不害怕自己最终会躺在床上再也站不起来。

艾琳·迈尔斯：奇怪的是，工作之间的空隙才是真正有趣的时间。

丹尼尔·戴-刘易斯：毫无疑问。年轻的时候你是不会明白这一点的，因为你总是被欲望驱使，从一个地方跑到另一个地方。然而正是在休息的地方或休闲的时期，你才会做出真正的工作。

——《冰岛的重要性》（*The Importance of Being Iceland*），艾琳·迈尔斯（Eileen Myles）著

七月中旬，我跟随一位老师一起进行了一整天的冥想，这位老师以不敬但有魅力的建议而著称。他开放而欢乐的工作室吸引了一群不固定的、有创新精神的人。他并不担任灵修导师的角色，而是经营着一个名为“意识探险者俱乐部”的机构，在这里他将灵修与社会正义运动和创造性调查结合了起来。

老师让我们练习呼吸冥想，或安那般那念呼吸法[1]。在这种冥想中，练习主要是坐着感受你的呼吸。最终，你会停止改变或控制你的呼吸，你会感到身体自己在呼吸。

“冥想不会消除你所有纷繁的念头，”他说，“但最终你会发现这些念想之间的距离变大了。随着身心压力的减少，你可能会开始渴望那些间歇和静止。”

在某个时刻，一股令人疲惫的专注席卷了我，我记得我躺下睡着了。

艾琳·迈尔斯：无所事事或不做人们邀请你做的事情之所

1 anapanasati：佛教中的一种呼吸法。

以可怕，是因为你觉得你正以某种方式面对死亡。

丹尼尔·戴–刘易斯：是的，我认为你是对的。这是一种微型的死亡，你会练习很多次。

间歇可以令人舒缓、镇静，甚至使人恢复精力。它给你时间重新调整和补充能量。间歇可以是一场平和的徘徊、一个绵长的白日梦、一次失重的歇息。你可能在其中入睡，也可能恍惚出神。

然而对于我所知的许多艺术家来说，“间歇”这个词的含义却恰恰相反：缺失、缺陷、不完整、某种致命和危险的东西、恐惧和忧郁的根源。他们这样想的原因有好几层：

1. 迷信。艺术家之间普遍存在着一种情有可原的焦虑：如果没有持续的练习，创造力将会枯竭，信心会衰退，肌肉会变得无力。一次间歇将变成停滞不前。灵感也会随之远去。

2. 资本主义。我们生活在一种追求高效和竞争激烈的文化中。艺术家与多数人相比似乎不太受传统市场预期的约束，长期以来被当作“局外人”，但即使是他们，也认为必须最大限度地提高生产力，要尽可能地充分利用每一天。即使那些生活在城市之外、宁静乡村的人们也感到时间紧迫，需要不懈地努力并保持各种联系。即使是改善生活这个概念，明明是好事，却也被当作自律的指挥棒。

3. 存在恐惧。我们的文化认为，即使是最平庸和浅薄的姿态也比没有姿态好。许多人宁愿投入盲目的工作，也不愿面对失去活力的可能性。艺术家不仅在经济上不稳定，而且在存在形式上也是不可靠的。大多数作家会告诉你，只有当他们写作时他们才是作家。当写作停止时，麻烦就开始了——自责、害怕消失、害怕变得无关紧要、害怕失去最好的自我等等。作家凯特·赞布雷诺在描述陷入空虚时的存在困境，描述这种具有讽刺意味的空缺时写道："我知道在思路被卡住、没有东西可写时应该离开房子，但我总觉得心里很挣扎，就好像如果写得不好，一天就浪费了。我常常会陷入一种像树獭一样的半存在状态，呆呆地看着屏幕后面的东西。"

4. 治疗习惯。对于那些觉得工作让他们感到轻松愉快、远离无聊的人来说，间歇可能意味着沉重感和绝望感的出现。在某些情况下，努力工作是一种逃避——一种逃避生活和逃避繁忙过后可能会出现的任何混乱的手段。挪威作家卡尔·奥韦·克瑙斯高写道："一直不停地工作也是一种简化生活的方式，一种回避需求的方式，尤其是对快乐的需求。”

许多人发现，自己需要去工作、达成目标、取得成功，这些需求本身就会不断更新。我父亲认为间歇不是一种恩典，而是敌人。在他的时代、阶级和个人的信仰里，唯一重要的便是工作（是那种重要的大工作，而不是清洁和照顾家庭生活的小工作）。工作是一种催眠和自尊避难所：最好继续前进。

他极端的职业道德观从小就成为我的职业道德观。

但是躁动不安的恐慌感却是源于母亲这个角色。自从有了第一个孩子，我就发现自己无法停止工作。我无法做到像作家杰夫·戴尔描述的那样，“让生活找到自己的节奏，当我感觉喜欢时就工作，不喜欢时就不工作”。简单地存在，远离期望，变得很难。

最近，每当我特别忙的时候，我就想起好朋友的一幅名为《不眠》（*Vigil*）的作品。那是一幅源自家庭老照片构图的场景，原始照片中有一个女人在草坪躺椅上入睡。画作中，她在布满了发光球体的旋转风景中遗世独立。这不是那种晒着太阳打的瞌睡，而是一种完全的沉睡。我碰巧知道那个女人是我朋友的妈妈。我也知道，在拍摄原始照片的时候，照片中的母亲有三个小孩，正在攻读职业疗法的研究生学位，每分钟都十分宝贵。

看到一个女人总是处于随时待命的状态，总是高度警惕和觉醒，即时检查自己，进入其内在无限的状态，这是一个颇具颠覆性的景象。

我所认识的身为母亲（和父亲）的艺术家的生活有着非常多的限制。我们经常在计数（时间、金钱、杂事、咖啡的杯数、离睡觉还剩几小时）。我们对孩子常常不耐烦、发火，这使我们不安，有时甚至感到羞耻。

我希望生命中每一个过度工作的人都能有一些闲暇时间，远离时间的控制，能有充分的空间享受无聊和无所事事，能做做白日梦，超越充满了计算的世事表相。

就定义而言，在间歇结束之前，人们无法知道它是有趣的还是无趣的，是富有成果的还是无用的。然而，很难不赋予它希望和梦想。在好莱坞艺术家天才的故事中，童年里闪闪发光的空闲时光（伴随着寂寞和无聊的阴影）激励他们进行富有创造力的探索。荣耀因间歇而生。

但我所关心的并非那种带来荣耀的间歇，而是那种没有刺激性的、没有任何提前保证、在不知不觉中随处盛开的间歇——在工作结束后、在孩子离开时、在疾病到来时、在思想停滞时产生的间歇。人们并没有要求它：你能为我带来什么？这些间歇不具备当我们谈及创意漫游、度假或休闲时光时想到的那种田园诗般的自由与放松。（如果它们具备，我们可能就不会那么反对，也不会感觉那么有压力了。）这些间歇给人一种不安感，一种既过于充实又过分空洞的悸动。它们唤起了让·科克托曾写及的“无限的不适”。

如果我们可以想象一种间歇既不致命又不会带来荣耀，那又会怎样？如果间歇仅仅只是平静呢？

结束冥想离开时，我感觉思绪一下子被冲洗干净了。我感受到安静房间外的繁忙街道。我感到疲惫，却平静。树篱上有看不见的麻雀在啾啾地叫着。路上骑自行车的人络绎不绝，他们穿着色彩鲜艳的夏季裙衫，戴着太阳镜。在傍晚的光线下，树木的绿色令人眼花缭乱。当我沿着小街走回家时，烧烤的烟雾从各家后院飘散出来。

我不可能成为一个经常冥想的人，但我喜欢冥想让我感受到，在我所有的繁忙和社会角色之下还有一片安静的林下世界。冥想者有时称之为身体的“安静感”。林下世界就是鹡鸰的藏身之处，它承受了恶劣的天气和现代化的猛烈冲击。它可能被静态所隐藏或掩盖了起来，但一旦我们进入，它就会让我们发现无为的自己，也许，发现一种更好的生活方式。

现在每当我听到鸟鸣时，我就感到进入了那片林下世界。当我感觉压力太大，感觉太累时，我就会寻找一小片天空。总有鸟儿飞来飞去，城市中的鸟儿在人类世界的边缘翩翩起舞，唱着它们的歌。

如果风向正好，有些鸟喜欢伸展翅膀悬在空中，看起来纹丝不动。这是一种微妙的技巧，在漂移力和重力的作用下保持稳定，既不上升也不下降。

8月

漫游

北美黑啄木鸟

改变路线，跨越规则，为未知的事物敞开大门。

记忆中，我总是会被一些有各种业余爱好的人吸引。也许是因为没有一种特定的工作或工作类型特别吸引过我，对于那些在创作实践之外发现灵感的艺术家我特别感兴趣。可以是对汽车修理或铁焊（鲍勃·迪伦）的热情，也可以是养蜂（西尔维娅·普拉斯）。我喜欢这样去想，有些完全出乎意料的事物可能成为一个人的艺术源泉或内心的暗影，而我们的艺术生活可以借由所谓的业余活动得到极大的改变和补充。

我告诉音乐家，如果可以穿越时间旅行，我的梦想就是花一个下午与弗拉基米尔·纳博科夫一起抓蝴蝶，或者与约翰·凯奇一起采蘑菇。我会与艾米莉·狄金森一起做园艺，和安东尼·德·圣埃克苏佩里一起飞行（但也许不会去撒哈拉沙漠）。我会对他人的深厚爱好滋生出强烈的渴望。

我告诉音乐家："你之所以引起我注意，并非因为你是音乐天才、伟大的摄影师，或者你显而易见的友好。最吸引我的是你这种有意涉足其他领域的品质。"

我说："是因为你跨界的知识。我知道你不是一个鸟类专家，但你对鸟类的了解比我对任何其他生物的了解都要多。你关于鸟儿的知识要远远超过我关于孩子的知识，而我有两个孩子！”

当我说这些时，音乐家变得有些困惑和尴尬。但我看得出来，我把他与纳博科夫相比，让他有点受宠若惊。

弗拉基米尔·纳博科夫对鳞翅目昆虫的兴趣，最初是由他在俄罗斯维拉的家庭乡间别墅阁楼上发现的玛丽亚·西比拉·梅里安[1]的书引发的。由于从未学会开车，他靠妻子薇拉载他去收集蝴蝶。虽然照片上松软的蝴蝶网和高腰短裤使他看起来像一个顽皮的业余爱好者，但他的确是一位严肃的分类学家。例如，在二十世纪四十年代，他负责整理哈佛大学比较动物博物馆的蝴蝶收藏，并在昆虫学期刊上发表了科研论文。纳博科夫在 1967 年的一次《巴黎评论》采访中说："文学灵感的快乐和回报是无法与在显微镜下发现一个新器官，或者在伊朗或秘鲁的山腰上发现一种未被描述过的物种所带来的快乐相比的。如果俄罗斯没有发生革命，我很可能会完全致力于鳞翅学的研究，而不会写任何

1 德国出生的自然主义者和科学插画家，瑞士梅里安家族的法兰克福后裔。梅里安是第一批直接观察昆虫的博物学家之一。

小说。”

约翰·凯奇不仅是先锋派音乐的重要人物，同时还是一位充满激情的真菌学家。他是在纽约罗克兰县的家附近的石点树林散步时，第一次开始收集野生蘑菇的。他关于真菌世界的知识非常丰富，甚至使得他在二十世纪五十年代后期的一个意大利电视问答节目中赢得了五百万里拉，当时他就是以蘑菇作为他的专业科目。在二十世纪六十年代，他为纽约的一家餐馆提供食用菌，在纽约新学院大学教授蘑菇课程，并帮助建立了“纽约真菌学会”，学会聚集了一群蘑菇爱好者，定期在纽约市和纽约州进行采摘蘑菇的徒步活动。“假装认识蘑菇毫无用处。你再怎么博学也无法认全它们。”凯奇在《有个“鸟”用》(*For the Birds*) 中写道。蘑菇是随意而无序的，它们不受分类学的约束。“我的结论是，通过致力于蘑菇研究，我们可以学到很多关于音乐的知识。”

艾米莉·狄金森从小就喜爱植物，也是个充满激情的园艺爱好者。作为一名十四岁的植物学学生，她在马萨诸塞州阿默斯特镇的家周围的田野和树林中采集了四百多种植物标本——这些标本集结成一本皮面精装的标本集，现在由

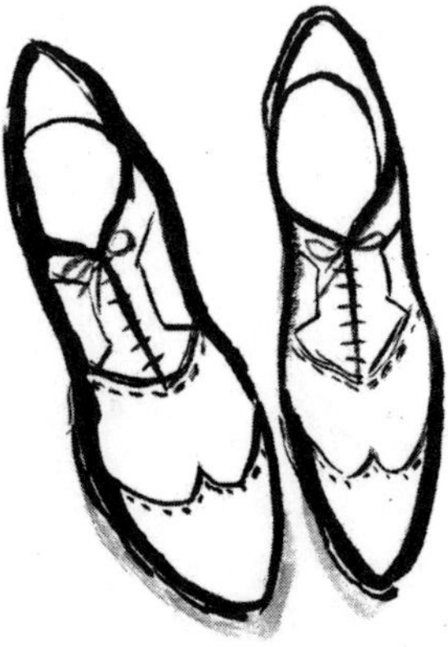

弗拉基米尔·纳博科夫
的鞋子

约翰·凯奇的鞋子

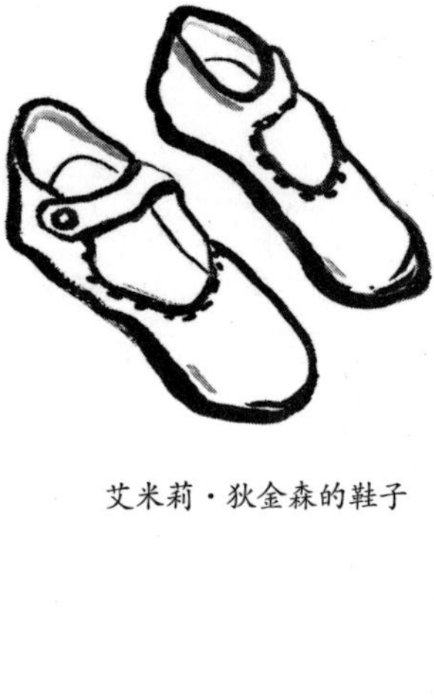

艾米莉·狄金森的鞋子

哈佛大学霍顿图书馆保存并数字化。在她的一生中，狄金森精心打理的花园比她的诗歌更有名。即使在她遁世隐居之时，当礼品花束成为她与外界沟通的方式之时，她仍然会在夜晚在花园中漫步，穿着白色棉质连衣裙，借着提灯的光工作。她曾写道："我一直都很喜欢泥土。"在她1886年离世后被发现的1800首诗歌中，有超过三分之一的作品与她丰富的园艺知识以及她的花园和周围土地的意象有关。

因为已是八月，我正在考虑出游。音乐家急切地想要追随鸟类的行动，已经前往魁北克的博纳旺蒂尔岛与十万只北鲣鸟共处——它们嘈杂而密集地挤在苏格兰以外世界上最大的筑巢繁殖地之一。（他离开时留言："缺少鸟类的生活使我的大脑压抑，注意力转向内部，而那里只有垃圾和寂寞！击退热浪去亲吻鸟儿：出发！"）我和家人一起出游，去了驻扎在北安大略树林里的基督教青年会家庭营地。

我们来小屋度假已有十年的历史，为了这清凉、甘甜的湖水，我们放弃了现代化的便利设施。我对于公共就餐、主题之夜、篝火歌唱（露营是性格内向者的噩梦）的任何忧虑都被看着儿子们在这片土地上独立漫游时的喜悦所抵消。大多数时候，他们在早上出门，夜幕降临后才回来，身上脏兮兮的、疲惫不堪，有时还流着血。

我希望能够在他们身上点燃的，正是这种我在童年时期就非常熟悉的独立和自由。九岁的时候，我就经常在小区附近自由游荡直到天黑。母亲忙着照看她的日本艺术画廊，给了我充分的自由。

三十年后，同一个城市里，我的孩子很少离开家或花园。作为既不大包大办也并非完全放养的中间派家长，我想知道他们的独立受到如此严重的损害意味着什么。我很想知道，但我发现很难放手。其他父母可能也想知道。也许我们只是担心如果没有宠溺孩子，我们会被同龄父母冷眼相待。据我所知，邻里周边的孩子都被关在家里。

由于我们已进入史上陪伴孩子最多的时代，我希望儿子们体验那种可以培养勇气和好奇心的自由玩耍，所以夏末成了“越狱”的好时机。

那个夏末也是我结婚十五周年的纪念日。儿子们在捉青蛙和射箭，发现城市外的世界令人兴奋、难以穿越、偶尔有点吓人，而我和丈夫则在树林里长时间地散步。

初相识时，我们都是伤心人。他在一家小俱乐部的里屋里唱歌。我会去那里是因为两个朋友坚持要我离开公寓，不要再沉迷于与一个西岸诗人男孩分手的痛苦。他们引诱我出门，承诺一定会带给我精神食粮和不同的风景。

那个后来成为我丈夫的男人身材瘦削，留着短短的黑发。他的眼睛下面有深深的黑眼圈，手臂上还有一个《芝麻街》格罗弗纹身。房间里挤满了他认识的人，其中许多是歌手和音乐家。情绪低落的他唱着充满忧伤和自嘲式幽默的歌曲。

我们都没在最佳状态，所以我对他有了错误的印象。

这是一个悲惨的人，我想着，觉得很高兴，这是我喜欢的类型。

在我们第一次约会时，他穿了一件黑色的复古西装，让人错以为他是一个纠结沮丧的人。我以为我们只会喝一杯，然后就离开。我把背包放在膝盖上，准备随时离开，但我们一直待在了那儿。凌晨三点，跳舞时，我们醉醺醺地挨在一起，我摸了摸他的脸颊，和他那忧伤的胡茬。

我原以为这会是一次短暂的情迷，而不是一段长久恋情的开始。黎明来临时，我们还在一起，鸟儿在歌唱。至少我觉得它们在歌唱。在那些衰败的花园里和枯萎的花丛中一定有鸟儿在，尽管我当时还未意识到，但后来的日子中鸟儿从未消失过。

我当时不知道他会留下，永远不再离开。我也不知道我们之间竟可以营造出一个家。

我很快就认识到他不是一个习惯于聊自己的人。他不会想太多，这并不是说他很浅薄或没有好奇心。我从来没有见过像他这样自学成才的人。我们在一起的时候，他沉浸于意第绪语博士论文研究、电影配乐、唱诗班歌唱、瓦格纳歌剧、俄罗斯经典文学等等。

我当时并不知道我找到了一个颇乐观的人。他不认为痛苦状态对艺术家来说才是最好的；他没有选择把自己隐藏在悲剧神话中。他不是一个像我的两任前男友那样的智识诗人；他不进行令人眩晕的形而上学的对话，或是过分注重自己的庄严。这个新人是一位歌手。他不是一个喜怒无常的歌手，而是一个喜欢愉悦的灵魂乐和拍掌合声的福音乐的歌手。在我们第二次约会时，他带着平价巧克力和一瓶雪利酒来到我家门口，当我们坐下来看电影《富城》时，他把酒倒进两只马克杯里。

他的母亲是一名同性恋单亲妈妈，经历过世事沧桑。他在无数摇篮曲的陪伴中长大。母亲教育他要相信一切问题终会得到解决，无需提前悲伤也有可能感受到纯粹的快乐。即使你没有未雨绸缪或是为最坏的情况做好准备，也不一定会招致不幸，天不会塌下来。你无需强化自己（用保暖内衣、钙镁片和大学学位）来抵御即将到来的灾难。

他所接受的教育与我的不一样。

我的目标是远离婚姻。我不认为婚姻是通往理想生活的大道。相反，我专注于艺术。十六岁那年我就对此十分确定，我把母亲拖进了一个正在举行婚礼的教堂。就在那里，坐在纽约市西59街的圣保罗教堂的后排长椅上，我告诉母亲仔细观看。“就是这样的婚礼，”我说，“我永远不会有这样的婚礼。”

我们当时是去纽约欣赏艺术作品的。艺术是我和母亲一直以来可以分享无碍的东西。我们都喜欢参观博物馆，都喜欢画画。正是因为她，我才会在绘画的陪伴下成长。

当我们初来加拿大时，母亲尝试与我一起学习新文化的规则。这并不容易，移民似乎永远也不可能那么容易。英语一直是个挑战。她分不清短语和动词时态。有时候，当她发音错误时，我们会哈哈大笑，例如，当她为访加的日本医生提供日英“打断”[1]服务时。但是在公共场合,我看得出她会因此感到尴尬。小时候，她夸我聪明。后来，当我成为家里的第一个大学生，并且继续读研究生时，她又叫我书呆子。她喜欢跟我讲一些有警示作用的故事，例如她认识的某个愚蠢的“英语博士女”因为赌博失去了所有的奖学金，或者是基督教青年会那个因傲慢而被人鄙视的、自作聪明的律师。她（明智地）相信，只有傻瓜才会崇拜大脑胜于一切。

在艺术中，我们可以无声地和平相处。在艺术中，母亲的沮丧和嫉妒不再。她能为自己的流畅和清晰感到自豪。

另一方面，我的英国父亲连画个圆圈都困难，但在文辞方

---

1 应为“口译”，“interpreter”，但是作者的母亲说成了“interrupter”，意为“打断”。

面却颇为擅长。他以笔耕谋生。当我们外出时，他绝不会弄错动词时态。他的演讲口才和智慧受人尊敬。从来没有人可以无视他的存在。

但是，父亲的语言才华怎么就消失不见了呢？是因为长期不用而荒废了吗？我决定让我们的对话内容丰富起来，不要太局限。衰老和疾病正在削弱他的能力。

在我们十五周年纪念日过后不久，我向丈夫征求一个关于漫游者的歌单。我想要一些建议。有时我们会玩一个双人双打 DJ 混音的游戏。我选一首歌，然后他选一首与之有情感共鸣的歌。目标是让音乐无缝衔接，不停地播放。我的第一首歌选择了朱莉·霍兰的《最小的鸟》，然后让他接下去。这是他的歌单：

《吹散那尘埃的旧道》(*Blowing Down That Old Dusty Road*)，伍迪·格思里（Woody Guthrie）

《流浪的人》(*Ramblin' Man*)，奥尔曼兄弟乐队（The Allman Brothers）

《流浪者》(*The Wanderer*)，迪奥（Dion）

《生来流浪》(*Born to Wander*)，稀土乐队（Rare Earth）

《沿路前行》(*Walkin' Down the Line*)，鲍勃·迪伦（Bob Dylan）

《我在前行》(*I'm Walkin'*),“胖子”多米诺(Fats Domino)

《流浪汉》(*Ramblin' Guy*),史蒂夫·马丁(Steve Martin)

《公路之王》(*King of the Road*),罗杰·米勒(Roger Miller)

母亲在五十五岁时跟父亲正式分开了,那时,她的人生开始绽放。当时我已经不住在家里了,所以没有人会妨碍他们因为任何一件小事争吵。(他们婚姻的最后一次争斗有关一张懒人躺椅。)她与新朋友一起探索这座城市,作为一个喜欢社交的人,她活力四射。有一段时间,愤怒和争吵都消失了,她显现出一种我从未见过的冷静。她在肯辛顿市场抽大麻,去听露天音乐会。

父亲不停地从一间公寓搬到另一间公寓,最后,他终于安顿在离母亲两个街区的地方。在短暂的快乐之后,癌症确诊和腹主动脉瘤的发现使他深受打击。他变得越发脆弱,而她却更加稳定和坚强。

第一次搬到属于自己的公寓时,她带了一包园林石。我发现它们堆在入口处的陶瓷碗里。代表他处的石头。代表她必须学习的每一件新事物的石头。代表决心的石头。代表重力的石头。代表持续的石头。代表爱的石头。代表日常之美的石头。

有时我去看她时，会拿走几个，放在口袋里。

母亲拒绝做保姆，拒绝照顾任何人，拒绝迎合任何人。我填补了这一空缺，发现自己很有天赋。

但是女性照顾人的本能是不会完全消失的。母亲也永远不会完全空手而来。前几天晚上，她带着三大包派对装的玉米片来我们家吃晚饭。带给父亲的是一袋灯泡。

分手二十五年来，父母反而比以前更亲近了。他们不善于用传统的方式来表达情感或体贴，但在心情好的日子里，在心爱的外孙们的陪伴下，当他们将各自心中的委屈宣泄出来时，我看到了一种相互理解的柔情。

他们互相理解，两个人都有过不幸的童年，都在匮乏中长大，他们以为只是经济上的匮乏，但情感上其实也是匮乏的。他们也理解，彼此都选择了独自生活和独自变老，而母亲以一种实用的、照顾自己的态度来面对自己的晚年。(储备“老年服装”，如松紧高腰裤和易穿脱的开襟毛衣。我的父亲戏称她的衣柜为“哈罗德百货公司”。）他们遵从这种相互理解。这是他们之间的桥梁，移民到第三个国家的两个移民，没有其他更深的联系。在好的时日里，这凝聚成一种爱。

从母亲那里，我继承了有些扭曲的幽默和独立；而父亲则给了我对世界的好奇心和对孤独的渴望。

曾几何时，我居住在宇宙某个奇怪而阴冷的角落。在丈夫出现之前，我从来没有想过我对世界充满焦虑的观点只是一种成见。它早已变得如此自然。然后，他走过来了，打开了门窗，把我推到了外面。

我走出了那个角落，就好像我跟着一个观鸟者沿着一条小路前行——紧随其后，看他所看，听他所听，发现我以前从未注意过的事物。当行程结束，我回头再看时，才发现我的向导在带我穿过树林时是多么地果断和专注。

丈夫和我建立了一种有各自空间的婚姻。在这十五年里，我们曾一起漫游，也曾各自漫游到很远的地方，甚至在不同的大陆，过着不同的生活。我们曾令彼此悲伤、疯狂和喜悦；在同一时刻彼此既毫无关联又不可或缺。我们经历了共筑爱巢的阶段，但也曾不经意间几乎让我们的爱巢濒临毁灭。我们的婚姻至少经历过十五次的破裂和复合。

在丈夫身上，我看到一个孤独的人，一个在曲折的道路上专注于自己方向的人。尽管我愿意为他做任何事，并且也会一次又一次地选择他的陪伴，但我最喜欢“我们”的一点是，我们保护彼此的独立性。

婚姻不是一种既存的疗法，也并非人人都需要，尽管每个人大概都可以从一段体面、稳固的关系中受益。在丈夫的面前，我感到自己的孤独被融化，但我也同时感到比月亮更寂寞，这就是亲密关系的矛盾之处。

我们的爱情赐予了我一种踏实的感觉，让我可以自由地远航。我知道我可以暂时离开，而不会被视为离弃。我意识到，当你知道有人在等候你的回归，为了你的顺利登陆做好准备，备好歌声或笑话迎接你归来时，你独自冒险的旅程会感觉更容易。

有时，我会担心我们养育了个性孤僻的孩子。在结婚十五周年之际，当我们前往树林时，我发现小儿子在溪边独自徘徊。寂寞浮现在他的眼中，在他的蜷身中，围绕在他的四周。他在晨雨之后寻找青蛙。这是一场需要专注的孤独追寻之旅，对此我很熟悉。我们等着他叫我们，或是朝我们跑来，但他并没有注意到我们在看他。丈夫示意我，我们应该让他继续专注于他的探索。

于是我们离开了，沿着狭窄的小径散步，寻找鸟儿，同时庆祝我们婚姻中的一切：乐观、争吵、幽默、混乱、信仰、宽恕、心碎、孤独、激情。

我还没有成为一个敏锐的自然观察者，而且在寻找鸟类时仍然有些迷惑，但是那天我确实在森林里发现了一只北美黑啄木鸟。它很醒目——乌鸦大小的鸟，脸上长着斑马条纹，头上顶着鲜红的冠——像图腾雕刻师一样忙碌着。雨后的树林，清新而宁静。当我们站在绿色的树冠下时，缓慢而深沉的滚动声很快就变成了巨大的敲击声，警告我们走得太近了。离开的时候，我们可以听到敲击声又开始变缓了。北美黑啄木鸟需要大片的林地，就像婚姻需要空间一样。

那天晚上，我躺在小木屋的床上，裹着破破烂烂的睡袋，听着飞蛾翅膀的啪啪声，和儿子、丈夫的呼吸声。

我对自己说，看看漫游带来了什么。绕了一次路，收获了这一切。

Fall

秋

9月

遗憾

年幼的大蓝鹭
和金翅雀雏鸟

关于小小的、挥之不去的遗憾，
以及为鸟宝宝多愁善感的好处和陷阱。

九月，我骑着自行车前往高地公园的鸭池。那天是音乐家的生日，我带了马勒交响音乐会的票和一本关于鸟类歌曲的书给他。麻雀们正忙着歌唱、轻快地上下飞舞和觅食。我们停下来，看着一只年幼的大蓝鹭像体操运动员一样站在一根潮湿的圆木上保持平衡。然后，我们转向了一条更小的路。

走了几分钟后，我们发现不远处有一对老年夫妇正在调整相机的角度朝向地面。我们走过去，向地面望去。

树底有一只从巢里掉下来的小金翅雀。它的父母在我们头顶盘旋俯冲，像是在教它们灰色的宝宝如何起飞。

但是,这个鸟宝宝是不可能飞起来的。它还只是一团绒毛，其他什么也不是。

它的父母又向下俯冲了几次，然后快速飞走了。

鸟儿刚出生的时候是冷血的，所以在最初几天是需要被父母孵着的。在能够自己调节体温之前，它们依赖父母的温暖生存。我不知道这只雏鸟是冷还是害怕，但可以看到它在颤抖。

我想象着自己把这只金翅雀宝宝捧在手中，带回家。我想象着把它养育成健康雏鸟的整个过程。我会在书房里用树枝为它搭建一个鸟屋，并且为它准备一个铝盆浴缸。我会用牙签喂它雏鸟饲料。我会用树皮建造一个芳香的鸟巢，然后在 iTunes 上下载金翅雀的鸣叫声，轻轻地播放，这样它就永远不会忘记它的血脉根源。然后当它足够强壮时，我会将它放生。丈夫会为这个场景制作一个“起飞”的音乐播放列表。

微弱的鸟叫声将我从遐想中唤醒。小鸟可以发声了。逐渐增强的音量透露着惊恐。

我想救那个鸟宝宝，但音乐家却反对。他说我们不应该干涉。不顾风险让一只野鸟变成家鸟是错误的。如果是我们让鸟受伤了，那么我们应该弥补过失，但我们什么也没做。他说，无论它们生活在城市中还是野外，所有的幼鸟都会面临危险。他说，“适者生存”，是的，这让人伤心，但没有理由过分伤感。

“伤感”一词让我有些难过。我不希望自己看起来太婆婆妈妈，或者，但愿不会，太女性化。而且，如果开始拯救陷入困境的动物，我到底会踏上一条什么样的路呢？我会认同野生动物复健的做法吗？

我曾经认识一些对动物有着一种原始的爱的人们，那种爱痛苦而艰辛。（“地球上的每一天都是危机四伏的动物悲剧”，梅根·多姆写道。）对动物的爱阻碍了事物的发展。

或许因为确实如此，或许因为这样更方便，我决定相信音乐家知道最好的做法。我同意不去管那只鸟。尽管情绪上不能接受，但我的理智已经理解了音乐家的逻辑。

我最喜欢的图画书之一是陈志勇的《失物招领》。故事发生在后工业时代的一个风景区。一个男孩在海滩上发现了一只奇怪的生物，并决定要为它找一个家，而那个世界里的其他人都认为有比这更重要的事情需要关注。

故事中被人们遗忘的事物让人感到深深的忧郁。一方面是这个艰难的、高速运转的世界；而另一方面是这个男孩足够缓慢和柔软，发现了一个丢失的东西。（他喜欢收集瓶盖，所以他习惯在城市的路边仔细搜寻。)

结果，这个迷路的家伙竟然是一个入口。通过这扇门，男孩遇到了其他迷失的物品和生物，如果不是因为这扇门，他是很难见到它们的。这个故事说明，在一个艰难的超感知世界中仍然保持关注于某个柔软的一点是很困难的。但它也说明这样有好处。

如果担心从窝里掉下来的雏鸟还太小，你可以试着把它放回巢里。如果鸟巢已被毁坏或者你够不着，可以用草莓篮或衬有纸巾的小盒子替代，并将它挂在你认为靠近它巢穴的树枝上。

鸟儿的嗅觉很差，但育儿的本能很强烈，这意味着它们通常会继续照顾自己的鸟宝宝。

奥杜邦鸟类协会

你有什么感到遗憾的事情吗？我遗憾有时候自己思考太多，或者反之，太过感情用事。我遗憾有时候事情看起来似乎好转了，然而实际上却后退了或者停滞不前。就像作家乔治·桑德斯一样，我为自己的冷淡和胆怯的回应感到遗憾，当另一方“就在那里，在我面前，遭受着痛苦，而我的回应是……理智的、有所保留的、温和的”。我很遗憾，有时即使已经直觉地感到应该做什么，还是会转向其他人寻求指导。我很遗憾，我总是毕恭毕敬，害怕自己多愁善感。我很遗憾自己没有更多地被冲动、勇气和本能驱使。

我很遗憾不会用花言巧语掩盖自己天然的真诚。我很遗憾我无法完全服从于科学。

“遗憾”这个词来自古老的挪威语 *grāta*（意为“哭泣、呻吟”）。也许是我对自己狭隘和犹豫不决的性格中的缺陷感到不满，“遗憾”只是我用来描述这种感觉的一种温和的、伤感得几乎令人愉悦的方式。

通常来说，我并不认为自己是一个喜欢哭泣和无病呻吟的人，但我可以预见它可能带来的乐趣。

多年以来，每到九月，我都参加丈夫献唱的世俗犹太新年礼拜。在仪式的某个时刻，我们被要求在小纸片上写下我们一年中的遗憾，并考虑补救的办法。传统的做法是将一个人的疑虑抛到水里（最好是“扔进海洋的深处”），但这是一个进步社区，因此，我们转而将它们投入了一个蓝色的大回收箱。

我通常远离宗教仪式和社区仪式，但这个仪式奇怪地让我感到满足。我喜欢窥探人们，看看他们写了多少，他们苦恼的心中充满了多少“罪恶”。

我的婆婆跟我们一起参加这项仪式，她从来没有太多要写的。我认为这是对她正直性格的证明。她的一生都在支持和维护他人。她为公民权利走上街头游行，为越南战争的反对派提供支持和庇护，率先参与团结工会运动、反对萨尔瓦多和尼加拉瓜的极权主义，并一直支持巴勒斯坦人的权利。她终身不知疲倦地战斗，反对经济、性别和种族的不公正。

她的心从不哭泣，也无需呻吟。

有时我担心我们集体的心灵。我担心有一天我们会因为重大的事情而集体抱憾。与英国自然作家罗伯特·麦克法伦一样，我担心“我们生存在一场持续的生物多样性危机中，但是即使人们已意识到这场危机，也只是把它当作一种环境杂音般无足轻重的负罪感，认为它会轻易地淡化、消失”。

从一只命运不济的金翅雀推断当前鸟类灭绝的速度是否会被视为过度伤感或极度不科学？根据麦克法伦的说法，这一速度“可能比 1.5 亿年以来所有鸟类进化史上的任何纪录都快”。

我认为没有哪种仪式足以让人抛开这种遗憾。

但面对金翅雀，我真想给自己一个意外的惊喜。我本来有机会打一场对抗死亡的小小胜仗。

如果我现在按自己的意图行事，以后还会悔恨吗？一个人能有什么办法避免遗憾吗？一个没有遗憾的生命究竟算是品德高尚还是道德败坏呢？一个人会否对另一个人的选择感到深深的遗憾——对那些与我们最密切相关或最相似的人来说，这种遗憾是一种替代还是一种陪伴？这种感觉是否有效？

时常有人联系我，对父亲过去所做的工作表达谢意。有一天，一位男性写邮件给我父亲（发到了我的邮箱），对他近五十年前做过的事情表达感激之情："早在 1970 年 12 月我就听说过你。当时你采访了我的父亲，他是越南河内战争的美国囚犯。那时我才十五岁，但比一般的青少年更了解战争、外交政策以及它们的影响和意义。我很感激你所做的。"

每当想起父亲在他的专业领域所做的贡献我就十分自豪。尽管如此，我仍然希望他以前能花点时间环顾四周，而不是目不斜视地冲向生命的终点。我感到遗憾的是，为了避免失望，他以怀疑和恐惧的方式面对生命中的很多情况，包括积极的情况。

我担心的是，度过充满防备的安全的一生，不可阻挡地穿越世界，是要付出一定代价的。这个代价就是快乐。

小时候我注意到，父亲在深夜用打字机战斗，以文字为武器。那时我不明白斗争的原因，但我知道那是无情的。有些话必须要说出来。然后，在战斗结束几个月后的某一天，会有一本书问世。

regrets

即使现在，打字的声音对我而言仍然是生命的声音、家的声音，也是某些已逝的声音。

我既热爱我们的相似之处，也为之感到遗憾。

那天晚上，当我想象着盒子里面有一只非常小的金翅雀雏鸟时，我意识到我的行为大可不必太激烈。我只需要简单地把鸟塞进安全的灌木丛,让它远离步行者和狗就可以了。它的父母可能会继续照顾它，直到它能飞。我可以通知公园的工作人员。但我没有，而是依靠别人来教我怎么做。音乐家的放任态度战胜了我。它似乎令人信服。而且，也许,他是对的。“金翅雀不是濒危物种,”他后来坚持说,“它们数量繁多。如果它是一只罕见的鸟，比如说灰喉地莺，我也许会做点什么……但我仍然觉得我们永远不应该干涉野生鸟类。”

面对瞬息万变的世界，也许更好的做法是轻叹一声，然后继续前行。

但也有可能他错了。

“我们必须努力寻找最初的、真正的冲动。”威廉·肯特里奇在《肯特里奇的六堂绘画课》一书中写道。在我们衰弱、不可靠的记忆中，愤怒很容易消失。“我们留下的往往更近乎遗憾。我们为已经发生的事情感到遗憾，同时也为无法留住自己的感觉感到遗憾。”

当我问婆婆她是否曾经怀疑或后悔过她的选择时，她说：“即使有时对我不利，我也从来没有后悔过说出自己的想法。并非所有的选择我都经过了深思熟虑。但在我很小的时候，这份侵入性的冲动就留下了印记，直到今天它仍然在跳动。”

她然后补充说：“我认为遗憾就像失去了希望。采取行动会给人带来希望。”

我原可以把这只鸟留在我的房间里，给它喂食湿润的种子和粉虫。我不会成为什么英雄。我本可以小题大做，可以冒着风险说一套真挚的陈词滥调，冒着失败的风险去尝试。

在内心深处，我认为自己清楚这份悔恨并不会太大，也不会让人心碎。这只是一件容易处理的小事，像是一只小鸟，它小到令人尴尬，而并非什么危机。这也是我后悔的原因。因为不知何故，小事物会保重自己而无需我们干预的这种态度已经听起来不再可信了。

10月 疑问

更多鸭子和一只白鹳

关于艺术和鸟类无用性的必要性，尤其是在危机时刻。

我感觉不太好。那是十月，夕阳西沉的时候，我听到鸟儿在树上冲我大声鸣叫，但我有点心不在焉，想着丈夫一直趴在电脑前，追踪着朋友们的消息，他们已经在埃及被监禁了一个半月。

这个事件一度是国际新闻。两名加拿大公民在前往加沙执行人道主义医疗任务的途中，在埃及停留期间在一次安全严打中被捕。我不想谴责什么，只是想说说我们的两个朋友见证了埃及军方屠杀手无寸铁的抗议者，而他们——一位加拿大电影制作人和一位加拿大医生——停下来帮助受伤和垂危的人，却为此付出了代价。

他们在附近清真寺的临时野战医院工作了六个小时，看着清真寺的地毯由绿色变为红色。在他们离开时，已经见证了四十人死亡。

新闻告诉了我们一些重要的事情。

“与 600 人一起未经指控被拘留……”

“在 30 平方米的牢房中关押着 38 名男子……”

“他们已经开始绝食，抗议任意拘留。”

但我们仍然有其他疑问。他们是否真的和其他三十六人一起睡在一片蟑螂出没的房间的水泥地上？他们是否已经从抵达监狱后所受的殴打中恢复过来？就在我们担心他们的身心健康时，一些零零碎碎的信息传到了丈夫那里，从监狱偷偷传出来的信件带来了可怕的细节。

令我们感到震惊的是，这些事件一直都在发生，只是那些没有受到直接影响的人不太关注。大肆屠杀和平抗议者、任意逮捕和无限期拘留，无辜的人被藏进世界上最为隐蔽的角落，迷失在未知的深渊。

在这段时间里，父亲给予了我们支持。他为我们提供建议，提供新闻界的联系方式，并对新闻进行了仔细解读。当事情变得艰难时，他总是会用他的方式召集大家。他有我们不具备的智慧。他的专业经验涉及政变、革命、屠杀和种族灭绝。

我记得在朋友遭监禁的期间，一只白鹳也在埃及因间谍嫌疑被捕入狱。实际调查显示，所谓的间谍相机是法国科学家研究鸟类迁徙模式的跟踪设备。但埃及军政府的妄想水平达到了一个新的高度，这一点并没有让我们感到意外。

“他们会很快被释放吗？”儿子们每周、每天、每小时都在问。

与多伦多艺术界、人道主义组织和医疗界的无数人一起，我们倾尽全力以确保朋友们能得以释放。如果说有乐观的感觉，它就来自于这种迅速高涨的行动力和爱。

“‘政变’[1]是什么意思？”一天早上小儿子问道。在他听来，这个词的发音甜美而舒缓，像鸟的叫声，咕咕。

我不知道该如何回答。作为家长，我每时每刻都在校对细节，要弄清楚我在教给他们一些什么，又在带走什么。我十分清楚地知道，仅仅因为孩子们学习新事物的速度很快，仿佛能够面对这个世界上的艰难，这并不意味着他们不会受到影响。该如何应对对危机如此机警的孩子呢？

“这个词指的是他们在1812年英美战争中用作头盔的碗。”我的大儿子说。这个答案似乎令人满意。

小儿子向哥哥寻求答案的情况并不罕见。在风雨如磐的日子里，在紧张的时刻，我看到他蜷缩在哥哥身边，就像露营时人们会选择树冠遮蔽的地带搭帐篷。他期待从哥哥那

1 原文为coup，读音与鸽子的叫声相似。

里得到针对任何情况的正确意见。他需要哥哥的酷炫指点，就像我需要丈夫平静而温暖的淡定。我们每个人都有为自己指明方向的北极星。

家庭的灵魂在微妙的平衡中休憩。

我赏鸟的兴致淡了。至少目前来说，这感觉有些不自然。我知道鸟类不是微不足道的。它们叽叽喳喳地说个不停，它们所说的，或者我听到它们说的是："站起来。环顾四周。投身于世界。"

但我感到一种尴尬，这种感觉很快就变成了一种羞耻感。一天早晨，看着池塘里的林鸳鸯时，我流下了眼泪。我看着水面上缓缓回旋的雾气，冷得瑟瑟发抖。我试图向音乐家解释我的感受，我觉得鸟儿分散了我的注意力，让我不能关注更重要的事情。他耐心地聆听着，丝毫没有让我感到过度紧张，也没有对我不合时宜的绝望不以为然。

音乐家和我关注的重点不一样。作为一名作曲家和鸟类摄影师，他创作的作品充满了情感和人性，但如果被要求就人类的政治问题发表意见，他通常会说："这不是我关心或感兴趣的话题。”

不过，他仍然明白我所说的真正含义。至少，他熟悉这样一种感觉：在这个乱糟糟的世界上从事艺术创作是一件相当受限且有可能是很自恋的事情，无论这种艺术是风趣、美丽、温柔、无聊、激烈、谦卑、崇高、存在主义的，或是“政治”艺术（或者，我的情况是，尝试创作艺术的艺术）。

对于艺术的价值，有一种强有力的辩护，即它提供另一种价值体系，（用艺术评论家多米尼克·艾希勒的话说）是一种“在一个不合情理的世界中任性的良心”。撇开这一点，我俩都认为，在功能上（例如为伤口止血、阻止海平面上升等），艺术是相当多余的，而且常常毫无意义。有些时候，这种毫无意义无伤大雅，甚至正是意义所在，有时却令人质疑。

因此，即使音乐家没有花太多时间考虑“我的艺术作品应该为谁或什么服务”这个问题，他仍然可以理解我所说的话：身为艺术家并不意味着你就是一名合格的公民。

但有一个具体的问题仍然困扰着我。就是那种做作感。通过关注微妙和细小意识的觉醒，我上演了一出老套的大自然欣赏戏码。我为赏鸟的起源，以及它那种精英主义和优雅气质感到尴尬。与大多数西方休闲娱乐活动一样，鸟类和自然历史研究也是在维多利亚时代开始蓬勃发展的。上流社会的自由主义文化和高尚娱乐带来的乐趣是建立在对外残酷的帝国主义和国内日益严重的不平等状况之上的。当英格兰和殖民地的大多数人仍然依靠有限的资源挣扎求生，担心着老鼠和佝偻病时，更不用说当他们的土地和身体还在被掠夺的时候，白人男性博物学家们却漫步于乡间，搜集着鸟蛋和鸟的皮毛，开始致力于了解他们所看到的各种丰富多彩的野生动物。

一个事实：如果你通过双筒望远镜观看生命，你的视野自然会变得狭窄。

一天，我们了解到，在没有正式指控的情况下，朋友们有可能会被拘留长达两年。我察觉到大儿子在卧室外面偷听我们的低声谈话。透过虚掩的门，我认出了他搜集信息时的特有姿势，那是我多年以来偷听他们时学到的。当他发现我注意到他时，他悄悄地溜下了楼。

一些在维多利亚时代就被发现的真理今天看来仍然如此：那些为了生存而疲于奔波的人们不会为了审美愉悦而去观察鸟类。

因此，一个关于自然与美的拙朴观念是：它们只有在稳定与繁荣的时期才被允许思考，而在人们受苦受难的时候考虑世界的美丽表面，这在本质上是可鄙的、应该回避的。这种情绪体现在贝托尔特·布莱希特的诗《致后代》中。他写道："这是什么时代，当 / 一次关于树的谈话也几乎是一种犯罪 / 因为它暗示对许多恐怖保持沉默？"[1]布莱希特的话（几年之后，亨利·卡蒂埃 - 布列松回应道："世界正在分崩离析，而像亚当斯和韦斯顿这样的人正在拍摄岩石！"）佐证了这样的观点：对大自然的热爱是一种中产阶级奢侈品，一种不值得信任的无节制行为。进行"关于树的谈话"，分享特权阶级所特有的那种自我放纵和自我愉悦，是一种犯罪。

---

1 《致后代》1939 年以德文首次出版，本书原版英译诗句出自约翰·威利特和拉尔夫·曼海姆等编译、Liveright 出版集团出版的《贝托尔特·布莱希特诗集（1913–1956）》（引进自德国苏尔坎普出版社 1976 年版）。该句译文参考黄灿然译《致后代：布莱希特诗选》（译林出版社 2018 年 2 月版）。——编者注

但鸟类不会停止飞行，人类也不会停止艺术创作。在被拘留期间，我们的朋友自己动手，使拥挤闷热的牢房变得稍微适宜居住一点。他们心灵手巧，用通心粉制成了胶水，制作用来挂放个人物品的时尚挂钩。牢里的日子非常沉闷无聊，可怕的是日常，于是他们把精力用于解决各种问题。他们用锯开的芬达汽水瓶和寒冷混浊的尼罗河水设计了一种淋浴器。他们每晚举办讲座，鼓励每一位狱友分享一些专业知识（“如何改进简历”“关于监狱的电影”），以免大家陷入绝望。他们拒绝让监狱夺走他们的自我表达、团结意识和职业本能。电影制作人在纸板包装上勾画了三十四名囚犯的肖像。他创作因为他是一位艺术家，这就是艺术家应该做的。与此同时，那位医生治疗病人和伤者，因为这就是医生的职责。

一天晚上，儿子们帮忙绘制了一块标志，用于向埃及和加拿大政府请愿，这份“图像请愿书”上传在 Tumblr 轻博客上。他们想把他们的照片添加到呼吁释放朋友们的图片墙上。

他们一边用吸管喝着柠檬汽水，一边涂写“**请释放**……”的字样。大儿子的语气听起来有点父亲的感觉。“我们加上几个企鹅吧。”他说。

“企鹅？”小儿子重复道。他的语气难以琢磨。要么是崇拜哥哥的聪明才智，要么就是认为他如此快乐简直就是个笨蛋。很难说是哪一种。我不知道他是否照做了。

几个月后，我发现自己正在读有关罗莎·卢森堡的书，她在 1916 年因为革命和反战活动被“预防性”地监禁了两年半。在监禁期间，观看和聆听高墙内外的鸟儿给了卢森堡特别的快乐。在给朋友的信中，她提到了阅读鸟类迁徙的研究，并描述了她与麻雀、夜莺、欧金翅雀、苍头燕雀和蓝山雀的相遇。观察敏锐的罗莎寄情于鸟儿，对着她的黑鹂“观众”唱起《费加罗的婚礼》中伯爵夫人的咏叹调，以振奋自己的精神。在她非同寻常又毫不妥协的信文中，我看到了罗莎是如何勇敢而密切地从监狱狭小的空间中观察世界，鸟儿又是如何磨利了她的微观观察力。

我还看到，我们关于美的许多常见观念都是错误的——比如认为对大自然的热爱是特权阶级和有钱人才能做的事；比如认为小事物带来的喜悦与对正义的热情是矛盾的，对于处于困境和贫困中的人来说是不真实、屈尊俯就的。罗莎的信件展示了大自然能够提供多大的帮助，以及在历史上是如何帮助实现了“人类意识潜在的尊严和价值”，从而推翻了这一假设。她并不天真。罗莎认为，对社会正义的追求，远非相斥，反而是必需审美经验和感官愉悦——政治必需是关于如何驾驭欲望和美丽，而不仅仅是抽象的事物。

透过她观鸟的窗户，我发现了一种新的思考方式，它既包含了自然世界又包含了政治世界，包含了美丽与良知，包含了小姿态和大行动。

我有意夸大我们家庭成员的个性的平衡性，所以让我再说明一下：大儿子想要成为弟弟的保护伞，但他并不完美。有时他会封闭自己，不再提供保护。有时他会假装烦恼和厌世。他也可能会脾气暴躁、易怒、冷漠。

但是，在一切表相的背后都是坚实的、保护性的爱。数不清有多少次我看到他伸出手拉住弟弟，就像当年我的母亲曾经为我拉住雨衣那样，就像这位制片人和医生的兄弟姐妹们在他们不在身边时支撑他们那样。

我发现还有其他囚犯也与鸟类建立起密切的联系——从恶魔岛的鸟人[1]到所谓的沃伯格鸟人。(后者在德国战俘营中观鸟并继而成为英国自然保护运动的创始人之一)。我仔细筛看监狱往来信件和日志（包括从恶魔岛和沃伯格写来的），它们描述着古老的监狱椽子间的麻雀、在灌木丛中筑巢的洁白的白鹭、将围栅包围起来的乌鸦，以及飞过沉重铁门的林鸽。

这些鸟象征着对自由最深的渴望，渴望拥有更美好、更博大的生命。

奥地利精神病学家和大屠杀幸存者维克托·弗兰克尔在《活出生命的意义》一书中写道:“在重获自由后不久的某一天，我走过乡村，穿过开满鲜花的草地，走了几英里，向着营地附近的集镇而去。云雀飞上天空，我可以听到它们欢快的歌声。几英里之内都看不到人；除了广阔的天地、云雀的喜悦和自由的空间之外，什么都没有。我停了下来，环

1 被称为“恶魔岛鸟人”的罗伯特·富兰克林·斯特劳德是美国联邦囚犯和作家，被指为美国最臭名昭著的罪犯之一，因在狱中饲养鸟类而闻名，后成为鸟类学家。

顾四周，仰望天空——然后我跪了下来。”

我花了几天的时间听奥利沃·梅西安的音乐，他的音乐被音乐评论家亚历克斯·罗斯称为“二十世纪最幽雅的音乐”。这些乐曲是他被监禁在德国格尔利茨的战俘营中时创作的。梅西安以音符记录下他在拘留期间听到的鸟鸣，并将其融入到了他的音乐中。刺耳的、不和谐的和弦之后是长时间的沉默。

罗莎不是唯一的笼鸟爱好者。但在她的信中，我发现了一件确定不疑的事：鸟类是必不可少的。有很多重要的事情可写——在我们的朋友被监禁期间我尤其强烈地感觉到这点。但是，是鸟儿让我继续前进，就像音乐让我的丈夫在疲劳和忧虑时能继续前进一样。我观鸟，无论它们现身于何处，甚至是我曾经看过千百次的鸟儿。它们勾勒出天空的高度、蓝天的广袤无垠和浓烈，描绘着人类之外的世界的广阔。我聆听那些无法看到的鸟儿，它们藏在屋檐或树枝下，或是躲在地下通道里。它们喧闹和快乐的啁啾声似乎变得更加坚定，仿佛在壮大自己以对抗来自埃及的消息。

“两天？三天？一周后？他们什么时候会从监狱出来？”我们的两个儿子问道。

几个星期来倾听儿子们的谈话让我看到了一线希望。看到人们在面临可怕情况时勇敢地站起来，看到他们的父母能为此做些什么，并且知道他们也可以做一些适合他们年龄的“艺进分子”[1]的事情，这似乎减少了儿子们的恐惧感和宿命论。

然后奇迹发生了。我们的朋友被释放了。在被无故关押五十天后，他们终于可以离开监狱了。

当小儿子听到这个消息时，我看到他自豪地看着他和哥哥一起画和拍照上传的 Tumblr 请愿标志。它靠在厨房的墙上——**请现在就释放我们的朋友**，这几个词中夹注着两只蓝色的斑斑点点的企鹅。

1 原文为“artivist”，为作者造词，即“art（艺术）”与“activist（积极分子，激进主义分子）”的合成词，此处译为“艺进分子”。——编者注在医生和电影制作人回到加拿大几个月后，我问他们是否记得在监狱里听到或看到过鸟儿。

医生的回答是这样的：“这是一个很棒的问题。说实话我真不记得了。这不是我关于监狱记忆的一部分。但当你问我时，我回想了一下当时的情形，不禁想起了鸟儿。想起了鸟的身影，但不记得它们的声音。不是在第一个牢房(前三十天)，而是在第二个（后二十一天)。我怎么会能看到，却听不到呢？这让我觉得我的记忆是不可靠的。”

电影制作人写道：“我不记得鸟——我想是因为那儿有太多猫——很多很多猫——野生的、骨瘦如柴的、敏捷的小猫，浑身脏兮兮的，以垃圾为生。有一只橘色的猫，只要有一名囚犯在亲属来访结束时带着鸡肉回来，它就会跳起来，紧紧扒住门的格栅。住在第二个牢房时，当可以出去锻炼时，我们会在走廊里徘徊，越过高墙，盯着远处的高楼和阳台，希望能看到一个活生生的人——幻想隔着半公里远的距离能交流一些秘密的信号——但阳台上从来没有人。我猜想这就像观鸟活动——没有望远镜，徒劳地等着珍稀鸟类的出现。然后有一天，她出现在那里——裹着粉红色的头巾，在屋顶上抽烟，在收拾晾晒的衣物之前休息片刻。我们有一个外号叫“闪亮”的狱友有点像鸟——笨拙的小鸵鸟，他总是啄我们。有一只鸟一度制造了新闻。

那是一只鹳，它不了解错综复杂的国际边界。”

在被释放的几周后，电影制作人制作了一段简短但充满激情的艺术影像，里面展示了他在拘留期间创作的一系列手绘卡片，作为追溯他们这一段体验的日记。影片《50 天狱中阿拉伯语》记录下了他们虽然可怕，但时间相对较短的拘留时光。因为是西方人，他们的情况和前景比他们的埃及狱友要好。该视频献给那些为他们的重获自由而曾努力战斗的人，也向那些仍然在狱中的人致敬。其中一张卡片上画的是一只腕表，配有阿拉伯语和英语的单词：Khalas；足够。

在这可怕的几个星期里，儿子们有可能对他们的政治说服能力产生了一种过高的判断。但是，如果他们认为自己可以在瞬间变得无敌，或者相信创意行为可以为呼吁行动带来双倍的效果，我不会感到遗憾。不会。

艺术对于处于困境中的人来说充满吸引力。美是一条紧急逃生通道。在我的书桌抽屉里，有艾德丽安·里奇回应布莱希特所作的诗《这是怎样的时代》[1]。

我为什么要告诉你？
因为你仍然在倾听，因为在这样的时刻
你仍然在倾听，所以有必要
谈谈树木。

1 本书原版英文诗句引自美国 W.W. 诺顿出版社 2016 年版《艾德丽安·里奇诗集（1950-2012）》。——编者注

11月 结束

鹊鸭，长尾鸭，红隼
和游隼

独立起来，学会放下需要被人引领的想法，
因为真的没有人可以给你一本生活指南。

最后一片树叶似乎在转动、颤抖，顷刻就要掉落。我和音乐家正在亨伯湾公园散步，穿过被踏平的棕褐色草地、暗绿色的植物和枯暗的花丛。我可以感觉到整个公园正在收缩，放慢脉搏，减少色彩，为即将到来的寒冷天气做准备。

音乐家在我不远处走着，有时在我前方，有时在一侧，但不与我并肩同行，这让我感觉他很遥远。在我们共度的这几个月里，他从未让我感到不受欢迎，但是现在我走在他的影子里，静静地跟着他，看着他的脑袋一步一点，仿佛在和着他不为人知的思想或歌曲的节奏，我觉得自己就像一个糟糕的跟屁虫。

几天前，他在电子邮件中告诉我，他觉得自己可能正在失去对鸟类的兴趣。我觉得这只是一时的糟糕情绪，是淡季的症状。但现在我在想他是否真的这么认为。他漫不经心地用手示意我看一群长尾鸭和几只鹊鸭。他指向一只停在灯柱上摇着尾巴的红隼。他在扮演着一个无聊而尽职的导游的角色。

除少数几处例外，公园大多数地方都很荒芜，没有鸟的踪迹，这对我们没有任何帮助，反而只是增添了我内心的空虚无聊。这不仅仅意味着我失去了一个观鸟的伙伴。他的热情曾经使我对城市的废墟和荒芜之地有了信任。他曾为沉闷的荒原增添了光芒，为丑陋的公寓塔楼和建筑起重机堆积的岸边增添了魔力。我依靠他的热忱来提升我自己的兴趣。但现在他已意不在此，我也就觉得这个城市失去了童话般的光彩。

我感觉到音乐家也失去了一些光彩，就好像有人调低了他的活力值。这只是糟糕的一天？还是有更大的危机？一个人的激情难道可以就这样消失了吗？

我们走到湖边，在那里站了一会儿，看着一对绿头野鸭沿着湖岸线漂游。他说，突然过分地投入鸟类摄影给他的生活带来了一些不良的影响。（他说，这相当于终日与那些热衷于“华而不实的商业音乐”的音乐家为伍。）

他说他需要休息一下。

他说：“如果我还带着我的相机在多伦多散步，自己都会感到很惊讶。”

“我不需要了。”“但特殊旅行是不同的。我需要那些。”“在多伦多会变得越来越困难，因为鸟类空间变得越来越少。”“鸟类会逐渐离开。”

他的最后一个观点很有道理，特别是在一个几乎看不到鸟的日子里，站在一个新小区的边上。实际上他所说的一切都是可以理解的。只是他说话的方式——强硬而充满戒备，抗议过于强烈——不那么令人信服。我看到他的眼睛盯着几英尺外的一只正在游水的鸭子，注意到他眼中有一丝轻微的惆怅。“你知道，”他叹了口气说，“即使一切都结束了，如果我在十年后看到雌性绿头鸭的羽毛图案而没有被迷得神魂颠倒，我会为自己感到很惊讶。”

然后话题转移了，音乐家提到他回到了录音室录制他的专辑。他很兴奋，但也有些“疯狂的感觉”。他所有的精力都用在刺激和重新唤醒他的音乐灵感。他对自己的音乐感到怀疑，但他仍在继续前进，竭尽全力不去相信他脑海中负面的声音。

然后我明白了。这一年中的大部分时间我都跟随他的步伐。在我们分享关于艺术的想法时，在我谈到鸟儿是如何进入我的作品时，他无视了他的音乐，好像它不存在一样。现在他正在将自己的感情再次转移到他的音乐中，重新进入那个既黑暗又明亮的创作空间。他正在朝着相反的方向前进——把鸟儿收于一角。

有可能他一次只能热切地关注一件事，或者他只需要一种激情就能感受到存在于宇宙中的秩序和意义。但是我很难相信鸟和音乐只是可以互换的消遣，就像他现在向我解释的那样，只是简单的“消磨时间”的方式。它们真的只是作用相同但形式不同的“抗死亡药物”吗？他真这么认为吗？我们生命中的第一冲动就只是为了填补身为人类而生的空虚，为了摆脱生命最核心的悲伤吗？除了因为寻求慰藉之外，他不需要音乐和鸟吗？难道就没有智力、生态和想象力方面的理由去观鸟吗？

我很高兴音乐家找回了他的音乐。我支持他。我被他兴奋的语调和眼中狂热的光芒所吸引，也为此感到担忧。我想知道他是否可以不用取悦任何人就完成他的专辑。他是否能够在完成它的同时不会因批评而萎靡不振，也不会因获得赞美而欣喜若狂？我希望他能够将他在观鸟时获得的那种自由、轻松和快乐的感觉转化到他的音乐之中。

对我而言，观鸟和写作感觉不能互换——以前不能，现在也不能。两者是截然不同的感受。观鸟让我逃离那种日常的、令人尴尬的创作艺术的意识，这是令人愉快的，也是必要的。它让我简单、持续地存在于一条由鸟、人和时间组成的河流之中。只要我身处那条河流，我始终无法摆脱的焦虑就会烟消云散。

音乐家和我沿着湖滨木栈道往回家的方向走去，一直走到了一片名为森尼赛德的沙滩。在 1922 年至 1955 年的鼎盛时期，桑尼赛德是多伦多的欢乐中心。这里有舞会、露天演出、爵士音乐会、走钢丝表演，甚至全年开放的游乐园，是多伦多人喜欢玩耍的地方。

但后来我们抛弃了它，沉迷于汽车文化的兴起和高速公路的兴建中（它们将湖滨一分为二，游乐园的地盘也被破坏了）。我们掐断了沙滩与城市其他部分的联系，开始向北寻求“更真实、更狂野”的自然。加之湖泊被污染，人们不再喜欢去桑尼赛德了。

我不知道能否在桑尼赛德走动而不感受到那些浮梦的幽影。四处弥漫着一种“狂欢散场”的情绪，特别是在冬季荒凉的月份。站在古老的浴亭下，看着巨大的圆柱和经典的拱形入口时，我感受到了这种情绪：犹如一位美艳的皇后被摘下了她的皇冠。墙面剥落的油漆和粉碎的灰泥让它看起来阴沉沉的，已被遗忘。地面看起来像是专为历史电影和哀伤沉思而设计。

在那个寒冷的十一月午后，我站在木栈道上，俯瞰着荒芜的沙滩，努力地想象一群吵闹的游泳者争夺阳光的画面。我想象带着草帽的男人和穿着及膝泳裙的女人。我想唤醒褪色的节日建筑的魔力—— 一堆冉冉升起的气球，巡回演出的人大声地喊着："来吧，男孩们，第一个气球免费。"但我最想看到的是鸟，一只能让日子显得不那么虚空，空间不那么荒凉的鸟。音乐家和我就快要走完我们最后的行程了。

然后，音乐家突然朝着湖边走去。他朝着水泥防波堤径直走去。修建这些防波堤曾是为了让游泳的人们能有平静的水面。我赶紧跟上。沙滩上有几只没有标签的黑嘴天鹅，但音乐家没有理睬它们，而是径直走向远处一个奇怪的、乌鸦大小的模糊轮廓。那是一只小鸬鹚，还是我们以前见过的红隼？

都不是。在我们面前的是一只游隼。

位居食物链顶端，地球上速度最快的动物，能以320公里的时速俯冲捕食。它就在那里。一只几乎被杀虫剂DDT逼至灭绝的小鸟；一只自二十世纪七十年代以来因努力保护而奇迹般地生存下来的鸟；一只通常喜欢栖息于高处的鸟（在悬崖边或摩天大楼窗台边侦察潜在猎物），此时栖息在我们目光所及的防波堤上。

一阵古怪而古老的寂静。令人惊叹的安静。它有一种自得的静止，那种自高空翱翔和强势战斗之后回归的静止。我举起双筒望远镜，凝视着它灰蓝色的背部和胸部的条纹羽毛，它黄色的脚爪在土褐色的混凝土栖木的衬托下显得十分醒目。我感受到最强烈的是它的自我满足，一种独立而冷漠的气场。

我放下双筒望远镜，注意到音乐家已经不再站在我身边。我的向导，那个我以为已经沉浸在其他领域中的人，那个据说对鸟的热爱已经消退了的人，已经蹚进了寒冷浑浊的水中。他站在这个经过努力保护而逐渐恢复的湖中，穿着皮鞋的双脚疯狂地涉水而行。当我看着他热切地朝着那只鸟移动时，我感到一股热泪涌进眼眶。

我知道那只游隼并不是为了象征希望和复活而来。如果它的确在传递一个信息，那内容很复杂，那是关于人类损害自然的循环：衰落、失败和适度的复苏。我在百感交集之中，能稍微理解和感受作家及活动家丽贝卡·索尔尼曾经描述为“两种失落感”的意识：一方面，在一个得以重建的湖泊上有一只复活的小鸟，一种失而复得的感觉（濒危的物种绝处逢生）；另一方面，那是一种有些东西单纯地“消失却无法替代”的感觉。

生与死。生存和灭绝。普通和稀有。充满活力与日渐消失。我终于明白了，观鸟的重点在于把握事物对立的联系。它引发了双重的感觉——既令人安慰又令人沮丧——尤其在一个遭受现代化冲击之下自然景观所剩无几的城市之中。希望与绝望并存于此。

在与音乐家一起走过的旅程中，我了解到，美可能存在于伤痕最多、感觉最肮脏的地方。我亲眼目睹了人类是如何通过再野生化的努力来修正城市化和疏远大自然这一常见情况的。我遇到了那些城市观鸟者和当地环保主义者，他们有着不同的环保态度，他们希望可以（用娜奥米·克莱恩的话来说）“与伤者对话，而不仅仅是那些完美的、美丽的事物”。这种态度，是在环顾了城市中最不美好和最破烂的地方之后，还能说出：“还是有可爱之处的。”

我发现观鸟并非一件美好或矫情的事情。它无法为你提供多愁善感的自然体验或是意识的逃离之旅。事实上，它恰恰相反。有时候在空无一人之处等候或行走的宁静时刻，在那些空荡荡的地方，在那些城市中破败的、可怕的景象毫无遮掩的地方，我感到一种孤独感直击内心深处。谁会愿意有这样的体验？然而，在你捕捉生命的闪光，与陌生人分享景致与发现的时候，也无可否认地会感受到令人振奋的精神。能见证鸟类在空中飞翔、听到这些常见物种紧张地叽叽喳喳，是一种恩典。在最冷的月份里，当阴暗显得那么理所当然，甚至是注定的时候，看到有鸟儿别具一格地对抗它，是一件令人感到开心的事情。

当湿气刺骨时，我们决定离开。音乐家刚才蹲在沙滩上拍摄空旷天空下的游隼，现在开始收拾他的相机了。我们离开了湖，穿过湖滨大道上的人行天桥，朝北走去。咆哮的轮胎声、桥面板条之间明亮的矩形。头顶之上、天空之下的金属拱门感觉格外的轻巧。

我回家后打电话给父亲。试了两次，终于接通了，他刚冲完澡，听起来神清气爽。我们进行了平常短暂但具有新闻性的谈话。大新闻、小新闻。一位退伍的战地记者是无法停止关注这个世界的。在最糟糕的衰老和患病的过程中，拯救父亲的是他对于新闻头条无尽的饥渴，以及他自身的微小在更大事物中找到补足的感觉。他以这种方式激励着我。我们的谈话出现停滞的时候更多了，或者在我们交谈的时候，我可以感觉到他在自言自语，偶尔，他会在选择词语的时候停顿下来，而他的词汇也在渐渐消退，但这并不重要。他会忘记“停火”和“制裁”等字眼，或是他作为驻外记者访问过的国家的名字，这些也并不重要。是的，那个点燃我语言热情的人正在失去他自己的语言能力，但重要的是努力。我的父亲是一名幸存者、伦敦大轰炸时期工人阶级的孩子、躲避障碍的人。就像一个口吃的人找到了同义词，变得更加善于组织句子，我感觉到他在词不达意时依旧努力。

父亲特别努力。我们通电话的那一天，我知道无论他坐在小公寓的哪个位置——在窗边的沙发上，还是在他的老红木书桌前，他都会穿着整洁，胡须刮得很干净，头发梳理得纹丝不乱。在他的厨房里，杯盘干净整齐。在壁橱里，毛巾、床单叠放有序。

我在自己和身边其他人的身上也看到了这种努力的基因。我认识到，面对无数次像恶作剧一般将我们推倒的力量，我们会做出勇敢的、有创造力的、有时候徒劳无用的微弱反抗。人生就是这样，充满了令人尴尬的、普通的、有时可怕的障碍。如果幸运的话，我们可以学习别人如何跨越障碍的经验，微笑着保持挺立。如果幸运的话，我们能在不断适应中学习生活。在容易和坚难的双重性之间摇摆平衡。

父亲曾经跌倒过，又恢复了；曾经衰弱过，又再次充满生机。即使在他最脆弱的时候，依赖我的时候，我也依赖着他。对于两个过去和现在都那么痛苦且骄傲着自立的人来说，这种彼此的付出和给予更有意义。

那天结束了跟父亲的电话交谈后，我找到了那本海军蓝的牛津词典，那是他给我的七岁生日礼物。我确认了“peregrine”一词的意思是“有流浪的倾向”。

这个词显然很适合游隼（peregrine falcon）这种鸟，它以远距离旅行而著称，但也许这个词也适合我和我写的这本关于小小失落的书，它讲述的是到生命边缘的身心探索之旅。

音乐家给我发了那天我们见过的游隼的照片。他仍然感到欣喜若狂。他的兴奋让我觉得他的“拒绝鸟类”的说法只是一个诡计。

后来，我想到他也许是想对我放手了。在伟大的好莱坞传统中，我想：也许我们在上演自己的《王者之旅》或《龙威小子》。也许我的导师（从来不是为了寻找一个随从，从未教过我要读什么书，也从来没有明确指导过什么）为我的独立创造了条件。

音乐家直接或间接地教给我的东西有：

1. 生活的意义不在大事，而在小事之中。

2. 要相信生活总有其他可能。有时，是你自己不想被逼至绝境。有时，正是在我们无法忍耐而决定放弃或者换个思路时，生活才能继续。

3. 最好的音乐并不总是在特定之处才能听到。它们每时每处都有可能出现——可能是在漫长的冬季回荡在停车场里的叽叽喳喳声。

4. 观鸟不仅仅是一项活动，更是一种性情。睁开双眼，竖起双耳，放开心胸，迎接美好的事物。在寻常地方细心观察，例如快餐店和商场停车场旁边。

5. 好鞋子助行千里。

6. 永远只带你需要的东西。

7. 只要在公园散散步就够了。在城里到处走走，你会发现你根本不需要长途跋涉去攀登珠穆朗玛峰，或者费尽力气去别的地方。

8. 真的没有人可以给你一本生活指南，但我们可能仍然希望有。如果有这样一个人或一本书，告诉你哪些事情该做，哪些该避免，给你明确的指示采取或不采取什么行动，为你谨慎导航，那该多好。告诉我们应该怎么做，应该怎么活。

他真正教给我的是，最好的老师并不是高高在上地坐在导师的宝座上，给出完美的答案。他们会在困难的泥淖中陪伴你：向前迈进、摔倒、应对困难、使你的问题更有深度并充满活力。

对于我们共同分享的时间，我充满感激。我知道我不是他唯一影响过的人。音乐家改变了人们对鸟类的看法。几年前在与女朋友分手时，他自怜地对前女友说：“你永远不会记得我。”她回答说：“你错了。你给了我一份礼物。我以前从来没有注意过鸟类，现在，我想我爱它们。”

当他告诉我这个故事时，我想：现在，我想我也爱它们。

Winter
冬

12月 尾声

关于长寿以及感觉既渺小又丰富

——鸟、艺术、爱及死亡。

许多年前，在我结婚前夜，父亲给了我一个漆盒，里面装有一张黑白照片。照片上是父亲的背影，他正看着前方的“月球景观”。

照片的背面写着一段话：这是一张非常具有历史意义的照片，它记录了恐怖和幸福的岁月。1969 年 9 月，我从越南河内前往南方边境——我是第一个这么做的电视记者。我看到的情景最初在西方没有人相信：乡村完全被炸毁，看起来就像月球表面的陨石坑。当我回到河内（夜间出行以躲避轰炸）时，我发誓有天一定会做一套关于越南历史的电视节目，以“修复”损害。在河内的同一天，我收到了好消息，这个消息永远地改变了我的生活：来自妈咪的电报说，你就快出生了！

我的丈夫认为这是一个有趣但奇怪的结婚礼物。一方面，

那张照片呈现着爆炸在地上留下的黑色痕迹；另一方面，那个精致的漆面盒子，巧妙地镶嵌着珍珠母，彰显着父亲简单而优雅的品味。恐怖和幸福的结合。然而，观察了父亲多年的我并不觉得这很奇怪。也许很强烈，但并没有奇怪到不合常理的程度。

婚礼之后的数月和数年中，我经常翻看那个盒子。它似乎以某种纪念性的方式述说着一个基本的真理：生活是五味杂陈的，是各种对立元素的组合。

父亲一直被生活的“陨石坑”所吸引。作为一名战地记者——后来还是一名纪录片制作人——他将他的一生投入到了大多数明智的人避免的事情之中：他冲向灾难。当别人改变方向时，他却勇往直前。

他选择了战争，因为它使他的叙述变得有意义。他选择了战争，因为这是一个很好的故事，有一种同志之情，也因为他觉得可以有所作为。又或者，他选择了战争是因为他在残酷野蛮的战争中清晰地看到了残酷的生活。或者他选择战争的原因可以从弗洛伊德的亲密同事、精神分析学家厄内斯特·琼斯的话中总结出来，他曾经指出“人类头脑更容易忍受外部危险而不是内部危险”，琼斯认为，在大轰炸期间，伦敦的自杀现象和精神疾病患者的减少支持了这一说法。

我不知道像父亲这样一个身体柔弱、性情平和的人为什么会选择战争，但我确实知道他的选择塑造了他的性格，也改变了他对人性的看法。他宽容地接受了失落和悲伤，却从未学会如何接受快乐。他把这些想法融入到了我的血液中，把这些文字注入到了我的脑海中。我沿着他的足迹前进。选择一种尖锐而具有防御心理的谨慎态度比起朦胧而脆弱的希望更能给人带来安全感。父亲教导我，时刻做好准备应对最糟糕的情况，这样你才能生存下去。危险和不幸、失望和尴尬，总是潜伏着。

但在他生病期间，当我和他的悲观主义被真实的医疗环境所强化时，如何才能生存下去的问题似乎已不够。另一个问题显得更为重要：你该如何生活？

和音乐家一起走过的路我都铭记于心。它们发生在父亲患病的阴影之下。这期间情绪的明暗对比增强了我生活中不常会被点亮的一种意识。鸟儿在我们的头顶和身边盘旋，互相追逐起舞。我学会了倾听它们。愉快地、开心起来、开心起来，知更鸟用它们的知更鸟口音说着。小鸟、小鸟、小鸟，北美红雀大声叫着，声音越来越响亮。

就在写作的此时此刻，我也在倾听它们的声音。有时候，它们制造的吵闹声令人难以置信，好像它们在与周围所有其他噪音比赛一样。然后，一切都停止了，我听到一阵沉闷的、瓶子发出的声音。我向外看去，看到一位年迈的亚裔女人，她穿着棉衣，戴着羊毛帽子，推着一个装满空瓶子的推车走在街上。去年，她给了我们一株番茄树苗，感谢我们把瓶子留给她。叮叮当当、叮叮当当，一整天都不断有老人推着装满瓶子的推车或是拎着装满瓶子的袋子走过。

鸟儿告诉我不必担心，那些有时候让我感到窒息的担忧在宏大的图景之中是很渺小的。它们告诉我，因为世上的庞然大物而感到渺小是没有关系的。有一些贬低和轻视会使你更强大、更仁慈。

父亲让我为最坏的情况做好准备，但他也告诉我不要害怕进入未知的世界。那些让你经历生命之痛、让你明白地面并不坚固的坑洞会让你更加勇敢。就我而言，它们是我成为作家的必经之路，也是我成为一位母亲的必经之路，我明白我的小儿子也不会完全摆脱这些遗传。

“如果有能力，我想拍一部关于越南的终极纪录片。”父亲最近对我说。“场景就设置在胡志明小道[1]上。”

他解释说，在美国战斗机轰炸胡志明小道五十年之后，其中有一段在柬埔寨附近无人涉足的路现在成了濒危野生动物的圣地。在满载武器的北越卡车曾经碾压过的道路上，老虎们不可一世地踱着步。大象领着它们的幼崽经过巨型弹坑去往丛林中的水坑饮水。在那些曾经被越共士兵用来伪装以躲避美国飞行员搜索的树顶上，珍稀鸟类和猿猴呼唤啼鸣。在其他地区，村民们已经将弹坑变成了鱼塘和小湖泊，它们盛满了地下水和雨水，为越南人民提供食物。

“这将是一个复苏的故事。”他告诉我。

树上还有冰，鸟儿们蓬松羽毛以保暖。如果有另一种生活，我认为父亲可能会成为一个学习鸟类的学生。有时候我看到他在窗边观看鸟儿。

我和家人在城外的一个小镇度过了年末的时光。我们去了

1 位于越南、老挝边界和越南、柬埔寨边界密林的小道，曾在越南战争期间用作北越至南越的军事运输线。——编者注

树林，兜着圈子，在柔软的雪地上留下脚印。大儿子穿着宽大垂坠的派克大衣，在空地上用脚印踩出自己的名字。小儿子踩着越野滑雪板，从一座小山坡上迅速滑下，然后又滑向另一个山坡，快得没有时间犹豫。树林不大，空间有限，很快我们便滑行到了另一片空地，在那里我们看到黑鸦在头顶打斗，时而俯冲下来。当它们盘旋着飞向远方时，我们看到了无限空间的一隅——天空向着远方无限延伸，连接起一个又一个的地方，穿越过我孩童时曾往返穿梭（从英国到日本，到加拿大，然后再回来）的土地，直到我最终落脚之处。

我几乎一辈子都住在多伦多。与大多数城市一样，这座城市仅仅是通过一些公园与大自然之间保持一种简单而冷漠的联系。直到不久前，我与这个城市的联系也只是十分淡漠的。我想知道某一天儿子们谈论它的态度是否会不同，也许用那种只有对你的故乡才有的真正的渴望。不知道鸟类是否会帮助他们找到扎根于此地的感觉。希望如此。

有很长一段时间，我没有跟任何人提及我正在写一本关于鸟类的书。根据我的心情变化，我把这本书称为“一个项目”“一点点写作”，最后，也可能最正确的说法是：“素描本”。当我最终开始谈论这本书的主题时，让我惊讶的是有那么多人与我分享他们自己充满热情的观鸟体验和故事。我周围的每个人似乎都是观鸟者，他们向天空致敬，围绕着鸟类的快乐安排他们的生活，腾出空间去享受生活中的漫无目标、间歇休憩和心血来潮。历史上的游牧民族，充满好奇心和创造力，他们关心的方式令我惊讶和感动。

我想知道是什么将这些人联系在一起。是否有什么共同的特点？他们是否拥有特殊的视觉能力？或许是一种鸟类自身拥有的全谱视力，能够在朦胧的环境中看清事物，看到隐藏的踪迹？我浏览了一些知名观鸟者的传记，试图寻找一些线索，一些共同的观点或目的。

我发现有些观鸟者因为鸟类一年一度的迁徙旅程而被吸引，有些则因为它们华丽的外表，或是其创造性而被吸引。有些人从小就喜欢观鸟，而有些人则在晚年才开始关注鸟类。

他们是诗人、与生俱来的博物学家、有观察力的孩子。他们是被给予第二次机会的不良青少年、前战俘、业余鸟类学家和仁慈的捕猎者。他们与鸟类偶遇。他们将鸟类融入了自己的灵魂。他们是漂流的移民，也是富有的爱好者。他们是环保活动家和奢侈的旅行者。他们将瓶子换成了望远镜。他们失去过一些东西，希望超越自我，想知道如何最好地度过这一生。鸟儿能与他们生命中无法改变的忧伤和充满希望的部分交谈。他们是有着别样孤独的人，他们也是热衷社交的人。他们找到了生活的慰藉。

我在书中和现实生活中遇到的观鸟者几乎没有什么共同之处，除了这个简单的秘密：如果你倾听鸟儿，每天都能听到一首歌。

我 支 持 鸟 类

列奥纳多·达·芬奇 (1452—1519)

撰写了一本著名的研究鸟类飞行行为的法典以阐述机械飞行。他也是一位著名的动物维权人士。他经常光顾佛罗伦萨的市场，只为了购买笼中的鸟儿以放飞。

查尔斯·狄更斯 (1812—1870)

曾有一只心爱的名叫格里普的宠物乌鸦，此鸟经常出现在他的小说中。据说它也是埃德加·爱伦·坡的小说《乌鸦》的灵感来源。

威廉·福克纳 (1897—1962)

喜欢收集鸟蛋和喂养麻雀，他总是为鸟儿带着面包。“观看鸟儿让我感觉很舒服。”

乔治·普林普顿 (1927—2003)

风格多变的记者、编辑和职业的业余爱好者。他将观鸟作为业余爱好，同时承认他的能力和资质“十分粗浅”。“作为一名观鸟者，我经常认为自己就像一个喜欢吹长笛，但只上过一两次课，而且还音盲的人——这可能会带给你一些快乐，但结果很难说。”

罗莎·卢森堡 (1871—1919)

被称为“爱鸟的革命者”，她坚持认为自己通晓鸟类的语言，并曾经宣称：“在这个世界上，只要有云彩、鸟和人类眼泪的地方，就有我的家。”

弗兰纳里·奥康纳 (1925—1964)

在佐治亚州的祖传农场养了一百多只孔雀（除此之外还有母鸡、鸭子和鹅）。她在《百鸟之王》中写下了她的孔雀的故事，以一种幽默细腻的博物学家视角和一丝谦卑，写出了关于观察艺术的冥想——“很难描述这只鸟的真相”。

约瑟夫·康奈尔 (1903—1972)

他是一位热忱的业余博物学家和观鸟者，经常将鸟类（拼贴的或制成标本的）放在盒子和装置中。

艾丽丝·默多克 (1919—1999)

布克奖得主和鸟类诗人（著有《鸟的一年》），她写到了自然是如何治疗她作家特有的自负的：“我充满焦虑和愤懑地望向窗外，对周围环境视而不见，冥思苦想着可能会对我的声誉造成的一些损害。然后，突然我看到了一只盘旋着的红隼。一转眼，一切都变了。沉思的自我与受伤的虚荣心都消失了。一切都消失了，只剩下红隼。当我再想起其他问题时，似乎都不那么重要了。”

贝托尔特·布莱希特（1898—1956）

临终前在柏林的夏里特医院里在鸟儿身上找到了安慰，他把最后的一首诗献给了一只透过窗户看到的黑鸟。在接受了他即将化为“空”的想法后，在他想象着“归去之后”的每一只黑鸟的歌声的时候，他最终获得了平静——他的心向彼岸的世界敞开了。

致 谢

万分感谢以下几位编辑对这本小书的善意和奉献：加拿大双日出版社的玛莎·坎亚-福斯特纳，斯克瑞伯纳出版社的凯瑟琳·贝尔登和4th Estate出版社的露易丝·海恩斯。玛莎，你的深切关怀和美丽心灵使这本书在很多方面得以改进。凯西，你在编辑方面的智慧以及在艺术和对话方面的天赋从一开始就是福音。露易丝，与你一起工作真是一种荣幸和喜悦。我觉得永远无法充分表达对于你们的支持的感激之情，但我会持续感恩。

我衷心感谢杰基·凯泽，本书的代理人和第一位读者，但最重要的是，你也是一位亲爱的、值得信赖的朋友。我非常喜欢你，JK。你在韦斯特伍德创意艺术家版权代理公司的同事们持续以各种方式支持着我。谢谢利兹·库洛提、杰克·巴巴德、梅格·惠勒，尤其感谢卡罗琳·福德帮助此书在不同的地方出版。

感 谢

感谢加拿大双日出版社所有可爱的人们：艾米·布莱克、巴夫纳·肖汉、克莉丝汀·科克伦、琪拉雅·肯特、梅兰妮·图蒂诺、塔拉·沃克、沃德·霍克斯、苏珊·伯恩斯、斯科特·塞勒斯、肖恩·奥基、卡拉·基恩、瓦尔·高、詹妮弗·格里菲斯、玛丽·朱利安尼、罗伯特·惠顿、艾什利·邓恩，以及最后，最棒的CS理查德森（文学伙伴以及优秀的艺术总监）。

感谢斯克瑞伯纳出版社杰出的团队：凯特·劳埃德、莎莉·豪、大卫·兰姆、丹尼尔·卡迪、艾什莉·吉列姆、朱莉亚·李·麦吉尔、卡拉·华森、艾丽莎·里夫林，南·格雷厄姆、洛兹·利佩尔、科林·哈里森、苏珊·M.S.布朗，向设计师贾娅·米塞利和埃里希·霍宾深表谢意。

感谢4th Estate出版社明星团队，尤其是：莎拉·西克特、米歇尔·凯恩和塔拉·艾尔·阿扎维。

感谢阿利森·拉塔、莉兹·约翰斯顿、斯蒂芬妮·勒梅纳、斯蒂芬妮·富特、莎拉·韦斯韦弗以及《布里克：文学期刊》（*Brick: A Literary Journal*）和《韧性：环境人文学报》（*Resilience: A Journal of the Environmental Humanities*）的编辑们，此书的部分内容曾出现在这两家期刊上。

感谢多伦多艺术理事会、加拿大艺术理事会、安大略艺术理事会和查尔姆斯艺术奖学金提供的财务和创意支持。

感谢多伦多油墨公司（本书插画油墨供应商）的杰森·洛根，他用在街头收获的颜料俘获了我的心。这些颜料来自，用他自己的话说，“多伦多街道、后巷和公园里那些被人忽略的城市树木、杂草和植物”（即：一个混血的城市女孩创作一本关于城市自然的书的完美绘图媒介）。我邀请您登录 www.jasonslogan.com 了解更多信息。

感谢阿里·卡齐米、理查德·冯、斯蒂芬·安德鲁斯、塔雷克·露班妮、约翰·格雷森、迈克·胡尔本、布伦达·乔伊·莱姆、苏·雷纳德、迈克尔·巴克、帕梅拉·布伦南和凯瑟琳·布什，与我分享艺术、行动主义、对鸟的热爱以及源源不断的灵感。

感谢我最亲爱的朋友和家人，他们的陪伴和幽默让一切成为可能：南希·弗里德兰、纳奥米·克莱恩、凯利·奥布莱恩、布雷特·布洛克、阿维·刘易斯、特伦斯·迪克、纳奥米·宾德尔·沃尔、伊丽莎·伯勒斯、后藤裕美、大卫·查里安迪、塔拉·沃克；我的叔叔安德鲁和罗宾；我的儿子耀西和米卡；我的父母迈克尔和真理子；我的丈夫大卫，我将满满的爱意和此书献给他。

最后，如果没有我的向导杰克·布雷克菲斯特（又名“音乐家”，又名大卫·贝尔）的智慧和支持，此书无以得成。他的鸟儿照片为此书增添了优雅。我诚邀大家访问他的网站www.smallbirdsongs.com，进一步探索他的工作。

JB，我永远感谢你的友谊和信任。借你优美的言辞：“只有爱！永远前进！”